死水微澜

温八无 著

巴塞罗那伯爵出版社

First edition
Editing by Qinfeng Zhang
Front cover and illustration by Xiaobo Nie
First printing March 2020
Published by Comte Barcelona

ISBN: 978-84-121756-6-0(Paperback Edition)
ISBN: 978-84-121756-7-7(Digital Edition)
Visit https://comtebarcelona.com

书名：死水微澜
著者：温八无
版次：2020年3月第1版
封面与插图：聂晓波
编辑：张秦峰
出版发行：巴塞罗那伯爵出版社

ISBN: 978-84-121756-6-0(平装版)
ISBN: 978-84-121756-7-7(电子版)
详情可访问网站：https://comtebarcelona.com

自序：武侠已死 武道将行

　　按照传统武侠小说的起源、兴盛、传播、受众来看，它的本质是一种娱乐化的文字产品。它的发展历程不再赘述了，还珠楼主、金、古、温、梁也都是耳熟能详的人物。着重说一下"侠"这个概念衰落的必然。

　　中国小说最早普及的形式是话本，所谓话本，便是说书人街头说故事的文字底本。古人多不识字，无法自行阅读，只能在街头聚集听人说书。说书不是读诗，文字的文学性不能高，可以让听者听得清楚明白就好。书中人物也不能复杂，最好扁平单调，善人与恶人立场分明，故事情节跌宕起伏，这样便可以吸引到听者，不至于做砸了买卖。

　　因此，话本小说里的人物必然是脸谱化、扁平化、性格单一的角色。旗帜不够鲜明的人物不足以成为当时戏剧化审美的寄托，广大受众乐于听到贫穷但正直有才的书生和大户人家的善良小姐结姻、劫富济贫的的孤胆侠客收拾了恶贯满盈、为虎作伥的封建势力，对人物的性格要求单一鲜明到十分可怕的地步：要么真善美，要么假恶丑。

　　这样的文化不仅仅植根于话本，在中国古代的神话、戏曲中都多有体现。侠义公案小说里，大侠的角色设定基本就是一个虚假的人形标本，他不具有人真实的情感和性格立体面，他在内容中的作用只是尽最大限度地凸显正面的、被褒奖的品德。

　　到了梁羽生和金庸时代，依然承袭了这样的话本遗风，虽然在人物塑造上略有进益，引入了一些立体的、丰富的人物情绪和宿命论调，但仍然未能摆脱人物脸谱化的问题。"武侠"这个词里，偏重刻画的是"侠"，在他们的认知中，侠究竟是什么？如何定位侠的概念？这便要从他们的文字里去寻找答案。

以最著名的金庸武侠举例。在金庸"飞雪连天射白鹿，笑书神侠倚碧鸳"这十四部小说里，除了《鹿鼎记》里一上来交代了韦春花是妓女，韦小宝贪污了五十万两银子，其余十三部里的主要角色都未清楚交代收入来源。然而金庸是热衷为自己的作品设置历史背景的，且喜欢引入真实的历史人物进行戏说。那么，既然有形同真实的社会背景，那么人物便要在社会里有自己的角色。也许在古代有人可以脱离社会而生存，但是在社会里行走的"侠客"不行，他们一旦进入到社会，便要和形形色色的人物、机构、组织发生关联，没有人可以"绝对脱离社会地"而在社会中生存。但是金庸并没有考虑这些，所以《笑傲江湖》里的华山派、《天龙八部》里的逍遥派、《射雕英雄传》里的桃花岛、《侠客行》里的雪山派、《倚天屠龙记》里的明教，都是收入来源不明的社会孤岛。

有人提出金庸小说里的"帮派土地论"，声称这些帮派都是靠土地产业，出租给佃户获得收入的。我在这里并不赞成主动胡乱为金庸的描写空白辩解或填充。没有写就是没有写，说明这在金庸的意识中并不重要。然而，在文学对一个人物的塑造里，生存永远是无法规避的主题，规避了这个主题的人物设定必然是空洞而虚伪的，甚至是扭曲的。当然，角色可以是富家子弟，不愁吃穿；可以是大土地主，有稳定进账；可以劫富济贫，保证花销；也可以是做三天强盗，再做一天大侠。

所以在不知道"侠"的生存来源的时候，"侠"便成了一个不能确定的伪概念。郭靖从蒙古到中原，再到桃花岛，再到华山论剑，没挣过一分钱，他是怎么活下来的？有人说不要纠结这些，这是艺术处理，我不同意，因为这很不艺术，一个人的生存来源被忽视，被遗弃，那我对这个人就要产生怀疑，对他代表的"侠"这个理念就要产生怀疑，因为他很可能在我们不知道的"读者盲点"区域里做了很多反侠客反人性反道德的事情。

金庸塑造了很多这样的值得怀疑的侠客，故而他的很多小说都站不住脚。他极力地想将一些丰富细腻的情绪和感受融入到他的角色里去，但他终归无法破除"侠"这个光环给他带来的束缚，他书中的正派反派立场是十分鲜明的，大多数的角色设置皆为纯善或者纯恶。侠客的作为皆因为善与恶的冲突，正与反的较量。这样的小说确实娱乐了大量的读者，但回过头来想想，武侠小说正因为这样的扁平化处理从而显得幼稚、粗陋。

并不止他一人有这样的问题，后来的古龙、温瑞安的小说里也都有这样的情况存在。江湖被神化，在江湖里行走的人全部都像是脱离社会的异次元来客。这种根基下，武侠人物永远都只是表面化、现象化的烟幕，温瑞安后期力图实现的"武侠文学化"也基本走错了路线。不除掉"侠"这种图腾，如何可以让文学迈进一个浅薄的神话世界。"侠"这么多年来在受众的印象中已经不仅仅代表了一种身份，更多被解读为一种超人化、奇异化、为所欲为并毫无受制体系的虚伪存在。"侠"成为了这个体系中的神。

所以，武侠小说的衰落是必然的。主角的升级情结被修真小说继承并超越，角色武功的奇技淫巧与修真小说里眼花缭乱的功法相比也相形见绌。这么多年来的武侠小说，究竟留下了些什么深刻的东西呢？

"武侠"一词，被金庸们偏重了"侠"字，而忽视了"武"。现如今"武侠"已经死了，不把"侠"字扔掉，"武"也难以幸免。武道小说，救活了"武"，并偏重于"道"。那么，什么是"道"？

人类从起源开始，就一直在以自己的直观和理性认知世界。人类发明了符号、语言、文字、技术、逻辑等人类文明，以人类可以穷尽的手段去开发并试图理解宇宙和自身。这一切都是积极的，但都是人类主观意识的反射。即人类认为自己在解密自然的密码，然而真相是人类只是将自己的主观认知套在自然的现象上并自圆其说。

在古老的时代便有人提出，在所有人类理解之上存在着这个宇宙真正的规则。规则与自然之间是没有缝隙的，自然刚刚好是规则呈现的样子，没有任何抵触、不合、强制。这种纯然无碍的规则，便是道。道蕴自然，无需思考，道超越所有思辩与推导，只是境界上的抵达。

"武"当然也可以是一种道。摆脱了"侠"的图腾，"武"才真正显现出自己的价值和魅力。所以武道小说里的角色只是武者，武者和寻常人没有什么不同，一样需要衣食住行、生老病死。武者是人，只是刚好浸淫于武道。人有七情六欲，表象与内里。人没有什么绝对的善恶，只有立场的不同。人不是道德的化身，人只是私欲与公德权衡的产物。

以武入道，才是一个身为人的武者最应该做的事情。

所以我写《死水微澜》，写《镜墨燕鸿荒》，便是为了力行我的道。

目录

第一章 杀死我 或者被我杀死

他坐在官道边缘的青石板路上，想着昨晚经过黑虎泉时看见月光下泉眼后的石墙上由晏壁所题的四个大字：黑虎啸月。笔力苍劲，字架舒展，豪放中不失幽冷，他不由得看得痴了，直到月光偏斜，再也看不见墙壁上的字迹时，他才转过身来，听黑虎头口中流出的泉水的声音。泉水清澈，由济南府南边的十万大山中之雨水及山间水脉为源头，经山泉水流而下，自山脉间之岩层通道而行，百转千折，最终源源不断地被数枚虎口吐出，汇聚于此，成一深潭，潭水溢出，并入护城河里，悠悠回转，生生不息。

泉池中有一轮斜月，在暗黑色的潭水里仿佛是一只妖异的眼。他注意到泉水里有很多深色的水草，使得原本清澈明亮的泉水，在月光下反而显得有些沉重的阴暗，溢出的泉水如墨汁一般翻滚，他却觉得它们是轻松的、雀跃的，一种终于摆脱了潭底水草束缚的喜悦随着涌起的略微腥臭的青苔味同时被送进了他的鼻腔和咽喉。他咀嚼它们，却不咽下，在下一个吐纳之中将它们呼出体外，朝着月光，和他脚下的虎头同时吞吐着时间携裹的物质、历史、讯息，他在同时也成为了南部山脉与护城河的连接物、成为了黑虎与斜月的印证者。

他在无声的吐纳中，对着偏斜的月光，啸出了黑虎。

几乎一夜没睡，天刚亮的时候他便歪坐在这条官道上，看着陆续出摊做买卖的人占好了位置，摆好了器具，支起了招牌，等待清晨的第一批客人。他有点饿了，闻到了斜左方的蒸包摊上刚出炉的猪肉蒸包的味道，好久没吃包子了，他已经不记得上次吃包子是什么时候。卖包子的老板娘穿了一件红色的褶裙，戴了一副小小的红色的耳坠，因为天气热，汗水已经打湿了衣衫，耳垂上也有细密的汗珠，坠在坠子上，莫名的有一些好看。

他低头看了看自己身上的衣服，一件破烂的、满是尘土的、带着久未清洗味道的半臂褡护，脚上是一双别人扔掉的几乎就要解体的草鞋。苦笑了一下，心想："不知她会不会卖一个包子给我，如果我就这样去买的话。"他伸手入怀，想摸出几文钱来，却什么也没有摸到。"罢了，"他想，"还是再等等吧。"

街道上的人越来越多了，摊贩身后的茶楼、酒肆、古董铺、裁缝铺、药铺、点心铺、书局等也都打开了门，伙计们站在门口吆喝着吸引客人，老板们则坐在门口的长板凳上，喝着手里用泉水冲泡的新茶，一边指派伙计们，一边埋怨这热的不像话的天气。街道两边如他一般穿着的行乞者也越来越多，大多捧着一只空碗，嘴里念念有词，向过往的行人讨要散钱和吃食。他一直坐在他们之中，低着头默然不语。

日上三竿，街道上越发热闹，开始有镖局的车队、出城办事的马车、进城采办的轿子、过路打尖的骡马，穿过这条宽敞又拥挤的官道。他靠在身后的墙上，仿佛已经睡着了。此时，他身旁的一个乞丐站起身来，绕到了这条官道后面的小巷子里，见四下无人，竟然从怀里掏出了一只信鸽，把一张纸条揉成细棍塞进信鸽脚上绑着的铜管里，将信鸽抬手扔了上去。乞丐转身，正欲再回到刚才坐着的地方去，却发现巷口站着那个一直坐在自己身旁打瞌睡的人。

信鸽却并不知道自己被抛飞之后脚下发生的事情。它只是借着力道和风势在空中滑翔了一会儿，便拍打自己的羽翼，向着自己也不知道为何就是知道的地点飞去，距离并不遥远，它调整了飞行的角度，那是一座稍稍兴起的山坡。山坡上有一座凉亭，亭中有一方石桌。鸽子看到了桌旁坐着的二人，它不明白自己为何总要被这些人类差遣，心中念头刚起，身体便被一只稳定的手抓住，无论如何挣扎，都不得移动半分。

铜管里的纸条被取出，纸上只有寥寥四字：一切就绪。

一人捏着纸条，对另一个人点头示意，却看见另一人手执一支西洋传来的千里镜，正在观察着远处官道上的情形。少顷，那人放下手中的千里镜，沉默了一会儿，对另一人说道："传信过去，一切照计划行事，事成之后不必再等候你我的指示，在指定的联络点集合便可。"

另一人奇道："为何？"不过也不敢违背那人的命令，在石桌上写好了字条，塞入另一只从袖笼中掏出来的传信鸽，放飞而去。

那人叹了口气，背负双手，看着山坡上飞翔在树木之间的雀鸟出了会儿神，像决定了什么似的转过身来，说道："梁空兄可曾听说过，当世第一隐杀者的名号？"

梁空的瞳孔收缩了一下，用力地点了点头。

"此人自幼坎坷，父母出身贫寒却被卷入离奇纷争，死于江湖帮派之手。他少年时颠沛流离，为求生计做过山贼绑匪，也走过镖局护院。多年后在一场厮杀中伤重逃脱，快要饿死时被一个乡野村妇用一碗隐杀者救活了过来，从此之后他舍弃了自己的姓名，却以'隐杀者'自称，并淡出江湖，隐世而居。也不知他有何奇遇，十年后重出江湖，单人匹马屠杀了当年害死他父母的江湖势力一元堂，连带着把和一元堂过往甚密的梅家也尽数击杀。之后数年，有无数江湖势力和杀手组织派出各路高手精英想将他抹杀，不料却被他斩草除根、一一清场，从不留下一个活口。至此，他已成为一个传说，一个屠杀帮派和杀手的杀人者。"

"可是玉衡兄，他和我们这次行动，又有什么关系呢？"

"之前我用千里镜观察的时候，还不能确定那人是不是他，而此时我已经肯定那人就是他无疑了。"名叫玉衡之人面色凝重，继续说道："此次行动的每一只传信鸽都由我亲自挑选，每一只鸽子的特征我都了然于胸，特别是分配给陈皮的这一只。陈皮是此次行动的临场指挥，我特意挑选了一只灰喙红爪的稀有品种给他。我可以保证，这只鸽子在起飞之前一定是完好无损的。可是你看看你刚才接到的这一只。"

梁空低下头看向桌子边正在啄食着什么的鸽子，神色大变，不由得惊出了声："这鸽子的翅膀受了伤！"

"正是。看这个伤口，这只鸽子应该是在起飞后被人以暗器击落，伤到了翅膀，随后又被放飞而来。想来我昨天夜里感受到的黑虎泉方位传来的无声之啸也是因他而起吧，当时我还在想济南府里怎么会有如此高手，可以将黑虎啸月之势化为如许精纯体悟且震撼吾身，没想到却是他来了。"

"蒋兄，"梁空急道，"既然行动已被他识破，为何不全体撤离，却还要按计划执行呢？"

"此次行动安排周密，虽然陈皮可能已经不幸遭遇了毒手，但是第二只传信鸽却并不传递给他，而是直达行动团队的首领。宗主的计划滴水不漏，也是为了防备临场指挥有什么不测，行动会受到干扰。另外，"蒋玉衡突然放满了语速，一字一句地对梁空说道，"如果我所料不错的话，隐杀者应该已经不在那条街上了。"

"你猜的不错。"梁空身后突然有一个低沉的声音响起。梁空大惊转身，只看见一个一身乞丐打扮的中年男子站在他的身后，却并不知道他是何时到来的。

蒋玉衡上前一步，和梁空并肩，对着中年男子施了一礼，客气并且直接地问道："还有没有商量的余地？"

"杀死我，或者被我杀死。"

第二章 长河落日 而今与我无缘

当她放下马车厢帘布的那一刻起，她就已经开始怀念车帘外边塞的生活。最爱的马儿呼桑是她从小养大的，她犹记得呼桑刚出生时满是血污的身体，是她用额祈葛送给她的绸布一遍一遍为呼桑擦洗干净。额祈葛那时候经常会去中原，带回来一些她从来没有见过的东西，绸布是额祈葛送给她做新衣服的。额祈葛说："中原的姑娘都穿着绸布的衣服，泊月长这么大了，赶明儿也找个能干的裁缝，用绸布做一身漂亮的女儿装。"

她的额赫死的早，在她还小的时候得了一场风寒便离开了他们。额祈葛一共有四个儿女，她是最小的一个，她有三个阿哈，每一个都不是她的额赫所生，额祈葛到底有几个女人，她并不清楚，只是她听她的乳娘说，额祈葛最疼爱的是她的额赫，额赫死的时候，额祈葛为额赫守夜，静坐了七天七夜滴水未进，她三个阿哈的额赫却都没有这样的待遇。

从小她便发现，自己的姓名与身边人不同。她的乳娘是游牧部落，偶然经过此地，被她额祈葛聘来以奶水喂养她，乳娘的名字很长，叫奇渥温娜仁。她从小还有个贴身侍女，叫乌兰其木格。然而她们家，却姓燕，额祈葛有时候会抱着她，望着远处的草原，缓缓地告诉她他们家是大燕的子民，他们曾是大燕的王室，因此以燕为姓，绝对不能忘本。

呼桑渐渐长大了，她可以骑着呼桑在草原上驰骋。额祈葛在她十五岁的时候又送给她一只猎鹰，她欢喜极了，给它取名博古，每次骑马都带着它，如果在草原上发现野兔的踪迹，她便让博古飞上空中，自己骑着呼桑追赶，看谁可以先行抓住野兔。不过每次都是博古获胜。

她长大了，像她的额祈葛，眉宇间有一股英气。额祈葛越来越少回塞外，她知道额祈葛在中原的势力越来越大了。乳娘曾经告诉她，额祈葛是个了不起的人，是他们边塞的荣光，他们把他当做神，尊称他为"塞北王"，同时额祈葛也是"燕云教"的领袖。她不知道"燕云教"是什么，她只是觉得孤单。三个阿哈表面上对她很好，实际都对她心存嫉妒，觉得额祈葛待她太好，可是有额祈葛在一天，他们又怎么敢表现出来。不过额祈葛总是会老，如果有一天额祈葛不在了，她不知道她的三个阿哈会如何对待自己。她曾为此哭泣，在风吹草地见牛羊的土地上，然而大地却安忍不动，唯有远处夜空上的星星静虑深密。

额祈葛回来了，她从梦中被惊醒，远处有马队的声音，牧羊犬狂吠不止。她跑了出去，看见马队上方有浓密的乌云，人群围拢上去，包围住马队，有尖叫声、啼哭声、吼叫声、叹息声，她听到了这些声音，人群崩溃了，她听到了这些声音，人们心中的神陨落了。

推开人群，她看见了她的额祈葛。额祈葛也看见了她。他对她笑，叫她走到他身边去。她的三个阿哈低首站在旁边，都铁青着脸。她扑在额祈葛怀里，发现他的身体完全瘫软，已经没有了任何力量。以前的额祈葛可不是这样的。他曾经在一个无风的夜晚，当她的面跳跃起来，在空中如一颗流星，如一枚柳絮，倏然往来，欲止还期。

额祈葛在她耳边悄声说："泊月，我走了之后，离开这里，去江南，去杭州，投靠蓝大先生去，我信得过他。带上乌兰和你一起去，一路上也有个照应。另外，你的额祈葛在一路上已经为你安排了最好的人保护你，断不会有差错，你放心。这是信物，你拿好了。"额祈葛从怀里摸出一个令牌交到她手上，让她收好。她哭得双眼模糊，不知道为何黑云来的如此汹涌，草原上从没有出现过这样的黑云，马儿也从未如此惊慌。

额祈葛是在天亮的时候走的，她没有去看额祈葛最后一面，听乌兰说，走的很快，没有太多痛苦。是吗，那就好，额祈葛，泊月已经为你流干了眼泪，现在该轮到那朵乌云了。黑云在额祈葛死后不久便化为一场从所未见的暴雨，在草原上整整下了三天三夜。有不少人跪在雨中，朝着额祈葛遗体的方位不停地叩拜、哭泣。呼桑和博古无精打采，雨太大了，它们没办法去草原。

我和三位阿哈告别，他们显然也都知道我要离开边塞往杭州去了。然而他们并没有太多离别之情，只是淡淡地关照了几句，便给我安排车马和侍从去了。呼桑不是役马，它不应该离开草原，不应该陪我长途跋涉，我把它留给了养马的人，希望他们能好好地照顾它。博古一直在我的马车上空盘旋，我坠下了帘子，我不能看见它。长河落日，而今已与我无缘。

一辆马车，车架上一位马夫，车辕边两个随从，在一个炎热的上午，默默地驶进了济南府的城门。

梁空并没有说话。他也不擅长说话，他在隐杀者还没说完最后一个字的时候，便已经跨出了一步，拦在蒋玉衡的身前，对着隐杀者击出了一个"空"。一个欲说还休的"空"，一个不空而空的"空"。

蒋玉衡在同一刹那已掉转身体，一掠三丈，头也不回地撤离现场。他知道梁空的本事，也知道在他口中"宗主"的详细资料卷宗里，有着对梁空最详尽的调查剖析：

梁空，男，三十岁。山西人，无妻无子，师承敦煌莫高派掌门大灭老人。尽得大灭老人真传，并青出于蓝，将莫高派至上心法"无土止灭"加以优化改良，自创"无空不入"法门，并将其师大灭老人击杀，心狠手辣，果敢勇决，为可造之材。

宗主将梁空降服后，指定其为蒋玉衡的贴身死侍，二人需同出同入，一旦遇到危险，死侍必须保全佑护之人，牺牲自己。宗主曾对蒋玉衡说过："以你的能力，在我麾下亦不多见，梁空虽然难得，可你于我更有价值。所以遇到危险，你不要出手，及时撤走，一切便交给梁空吧。"

梁空，黄粱美梦，本一场空，一场好虚无的空。

隐杀者面对着这铺天盖地的宛如四大皆空无处不空无所不空乾坤尽空须弥洪荒皆不如空的惊人攻势，突然做了一个吐纳的动作。

一吸。

一吸如长鲸吸水，如大梦方醒，如断空初雨，如一个破碎的泡影。

这无处不在无往不利无坚不摧无穷无尽的"空"，便被隐杀者在一吸之间，尽数收入体内。

紧接着就是一呼。

梁空失去了空，他结结实实地落在失去了空的"空"之中，无空之空反噬自身，他的内脏已经出血，他能感受到自己体内已经受创甚重，然而他无路可逃，因为隐杀者这一呼，已经锁定了他身边方圆五里之内所有的气机，他自觉即使自己可以拼着受重创而奋力一击突破锁定，也无法躲过这一呼之后隐藏着的那一啸。

梁空是敦煌莫高派数十年来难得一见的武学奇才，所以他能看见那一啸，那一啸之后的人不是隐杀者，而是一只黑虎。那是隐杀者前一夜在黑虎泉边的"黑虎啸月"四字之下领悟到的千百年来的诗意和象形，他对着梁空召唤出来这一啸，是境遇所致，是举手所得，是梁空那一个"空"导致的那一吸、一呼之后的随心所欲的延续，自然天成，妙到巅毫。

梁空接不下这一式"黑虎啸月"，他的"空"也不行。这千百年来的泉与月、虎与啸之势，又岂是在人世间行走的芸芸众生可以接的下来的。

隐杀者将这一式展现出来，感觉自己又和天地更近了一分。因果、机缘、对弈、胜负、气与力、式与势，相宿相生。每一次攻击和防守都是与人、天、地、时光与空间、逝去与所得的交流。他没有再看梁空一眼，那已是过去，不可停留。他转身，要再回到那条官道上去。

她在马车里，看不见外面的街景，只能听见熙熙攘攘的人声。乌兰坐在她对面，突然对她说："小姐，老爷交代的事情，您可还记得？"

"记得的。去杭州府找蓝大先生，在灵隐寺外递交燕云令牌便有人引见，如有人问，则说是燕笑我的女儿燕泊月来访便可。"

"嗯，小姐好生记住老爷嘱咐的事情，乌兰如果有什么不测，还希望小姐可以独自去往杭州府。"

"乌兰，你这话是怎生说得？"

乌兰握住燕泊月的手，满眼尽是珍重，下一弹指间便飞身而出车外，此时，燕泊月才听见车窗外沸腾的人声和兵器拳脚交击的声音。

她在车里，可她却看到了车外的乌云。

第三章 我只是一个校书郎罢了

马夫是最早发现这条街有异样的人，不过他并没有过分在意。"也许中原人和我们不同，对我们的穿着打扮乃至长相都十分敏感吧。"他心里如是想。他在燕云教已经有二十年了，一直是一名马夫，除了教主，他基本上为所有教内的高层做过马夫。江湖险恶，仇家对头经常会在马车经过的道上开展伏杀，而他每一次都能活着回来，并且可以保全马车里的人的安危。

燕笑我在位时，一直提倡"身无护卫，而护卫无形"的观念。所以燕云教每位高层人物身边都看不见贴身的护卫，然而这看不见的护卫，才是真正高明之处。他们无影无形，在别人眼皮底下却容易被忽略，站在别人面前都引不起别人重视，他们的身份是他们最大的掩护，他们的显而易见却使得他们被别人视而不见。

燕云教有一批这样的马夫和仆从，大多数都是在边塞横行一时的盗匪或者流寇，因燕云教在塞外做大，且自身被官府通缉，纷纷投靠燕云教，其中一部分被燕笑我亲手选拔而出，作为教内的隐形势力所培养。而他，正是这其中的佼佼者，在教内隐形势力系统里代号"空气"的存在。

所有被他护卫过的人，都觉得他就像空气，不在意的时候无影无形，关键时刻又缺他不可。

他的肚子有些饿，在路过一个羊肉烤饼摊的时候忍不住朝摊子上多看了两眼。卖烤饼的人冲着他笑了笑，他觉得有些不对劲，正准备赶马加速通过这条官道的时候，突然觉得身后有一股大力袭来，同时听见远处有一个低沉的声音镇定地发出指令："杀！"

他在听见这一声指令的时候已经跳了起来，身体在空中旋转了一个奇诡的角度，那一记势大力沉的偷袭击中了他之前坐在的车架上，车架应声而碎，他此时在空中已经看到了那个偷袭者，正是之前坐在古董铺门口喝着大碗茶的胖老板。

官道上大批的人都冲向这辆马车，他在跃起的刹那间估算了一下，大概有三十五到四十个人。这批人里有街边店铺的老板和伙计，有摆摊卖馒头大饼的买卖人，有蹲在路边乞食的叫花子，有围在街边遛鸟喝茶下棋的纨绔子弟。马车被围在当中如同一座孤岛，他知道今天如果不拼命，也许就很难走出这样的埋伏圈了。

他心中想完了这些，身体才刚刚在空中转了过来，正对着偷袭他的古董铺老板。他出手如空气，轻飘飘地在古董铺老板的额头上印了一掌，老板的脑袋就像被拍碎的西瓜一般爆裂开来。他还没来得及落地，背后剑风声起，他知道是那个冲着他笑的烤饼摊主出剑了。他看也不看，回手便用左手双指捏住了剑尖，本来如狂风大作般地剑气顿时哑然。他左手一抖，剑从中间断开，劲力不减，顺着剑柄传到烤饼摊主手上，摊主全身剧震，猛地喷出了一口鲜血，身体向后飞去，又砸中了一个刚刚迎上来的乞丐。

时间只过去了大约一弹指的功夫，整个包围圈又缩小了一层。乌压压的人群挤了过来，接近车厢的时候却再难涌入。坐在车辕上的两个仆从分站在车厢两侧，双掌缓缓推出，在车厢两边形成了两道内力的屏障，竟然是失传已久的内功"皇青国气"。暗杀者一时受阻，也纷纷拳掌皆出，想要击溃这一层内力的屏障。

只见人影一闪，车厢的后面，出现了一个身着塞北服饰的女孩。

空气在车头处一拳格杀了一名刀客，一抬眼间看到了这个女孩，便松了口气，喃喃自语到："乌兰出来了，我就轻松多了。"

乌兰在一弹指间便扫视了全场，她看到了包围圈，更看到了包围圈外的细节，她知道必须速战速决，因为真正的主力还在包围圈外虎视眈眈，再拖下去自己这一方只会毫无胜算。

乌兰深吸了一口气，她脚尖轻点车辕，人如一片柳叶横在空中，所有人的目光都随她而走，谁也没想到这个游牧民族打扮的女孩身法之妙已然不逊于当世以身法著称的名宿。乌兰在空中的时间并不长，然而所有人都觉得仿佛她已在那里漂浮了一次花开的间隔。她的跃起和停滞阐述了轻与重、快与慢、疾与缓、刹那与永恒的对峙。上一刻他们还觉得乌兰快到轻若无物，下一刻他们则觉得她缓慢如千钧压驼。

乌兰的身体开始以肉眼难以捕捉的频率高速抖动，却让人们觉得她丝毫未动。所有人都觉得有一股莫名的无可匹敌的力量要从她身体里爆发出来，可他们又觉得也许这只是一个永恒的倾向。

然而事实总是要发生的。正在所有暗杀者们正如痴如醉地观望着乌兰那出神入化的身法的时候，乌兰的身体里却顷刻间涌出来一场风暴。

这一场风暴是轻柔的，也是暴烈的，是无边无际的，也是精致玲珑的。它如清风拂过观者的面颊，也如暴雨拍打干涸的大地。包围圈内层的暗杀者们开始前赴后继地倒下，次内层的暗杀者们开始缓过神来，徒劳地抵挡这一场无孔不入的暴雨。而外层的暗杀者们纷纷往反方向躲避，一边大声惊呼："暗器！是暗器！快躲开！"

乌兰使出这一招后，身体开始下坠，被一侧的仆从接住，落在地上时已经无法独自站立，只得将后背抵在车厢上才能稳住重心。

这一式是当年燕笑我在中原对决第一暗器名家唐定禅时所见，二人在交手后惺惺相惜，彼此切磋技艺，唐定禅便将此式之心法口诀加以简化后赠予了燕笑我。燕笑我回到边塞后指定由乌兰其木格学习。

这一式看似是一式，其实包含了几乎所有的暗器手法和技巧，虽然进行了简化，可依然驳杂无比，其中细节处更是暗藏玄机。好在乌兰虽然不擅长拳脚刀剑，却对暗器一途颇有天赋，往往能在这一式中自发领悟技巧，苦苦钻研十余年后居然已是塞外第一暗器高手。

而这一式"浮华岁月见悠悠人心"已被她练至大成之境。虽然如此，这一式损耗之巨也是骇人听闻，以她之能，使出这一式也已经是极限。

大约有八成的暗杀者死在了这一式之下，剩余的七人守在外围，没有再贸然出击，仿佛还在等待着什么。两名随车的仆从收回内力，也是几近虚脱，难以再战。唯有"空气"，依然生龙活虎，虽然身中一剑一刀，却入肉不深，只是皮外伤。

乌兰对"空气"喊道："还须小心才是，这些人只是试探，真正的暗杀者马上就要出手了！"

"空气"哼了一声，知道乌兰所言非虚，不敢放松警惕，然而眼前已经没有其他人了，除了那七个不敢妄动的杀手，还会有谁隐藏在暗处呢？

官道旁边有一家不起眼的书局，推开书局的大门，里面大约是一间三丈见方的书屋。书摆放在墙上打好的书架上，一眼望去怎么也有数千册之多。屋子的西边有一进院子，院子里有一个硕大的水缸，一部分没有印刷而成的空白纸页堆放在院子中央，一个书生打扮的年轻人正坐在一堆活体字版之前，校对着不知名书籍的内容。

一个穿着红色褶裙，耳朵上戴着红色耳坠的女人不知什么时候站在了院子里，饶有兴趣地打量着那个好像什么也不知道的书生，用好听的声音软软地说到："你到底是谁？"

书生叹了口气，头也不回地说道："卿本佳人，卖的好好的猪肉蒸包，奈何做贼乎？"

红裙女人咯咯笑起来，耳坠在小巧的耳垂上一阵乱晃，莫名的有一些好看。她笑完了，脸色突然变得严肃起来，小小的院子里温度骤降，硕大的水缸里积攒的雨水竟然浮起了一层薄冰。

"我再问你一遍，"女人冷冷地说道，"你到底是谁？"

书生放下手中的字模，缓缓地回过身来，正对着红裙女人。

"我不是什么大人物，和你'赤焰冰煞'尤真相比，只是一个默默无闻的角色，"书生不无揶揄地说道。

"我只是一个校书郎罢了。"

第四章 这一剑 是我梦里的样子

燕泊月在车厢里听着车厢外的人声和打斗声逐渐平息下来，不由得想起儿时有一次随燕笑我外出，去祭拜额赫的墓地，也坐的是这样的马车。不过额祈葛的马车车厢里没有女儿家那些花里胡哨的图案和花纹，只是清一色的深黑，像永远没有尽头的长夜。

燕笑我一路上一直没有说话，儿时的自己虽然稚嫩，但也依稀可以感觉到额祈葛沉默的身体里蕴藏着浓烈的悲伤。边塞有边塞的风土。很多边塞的女人将初夜献给自己心爱的男人之后不久，便感染了无法医治的风寒或者肺病，早早地就死去了。边塞的男人很少将女人当做妻子一般对待，更多的只是泄欲和传代的工具。像额祈葛这样可以为妻子守灵七日的男人，在边塞也是绝无仅有。

燕泊月突然觉得有些难过。那一日本该是他们父女为额赫的祭日忧伤饮泣的日子，然而在半路之时车窗外也响起了与今日几乎相同的声音。她明显感觉到燕笑我的情绪在刹那间转变，原本低沉悲伤的呼吸成为了毫无情感的吐纳。她还小，她不知道车厢外发生了什么，她只觉得对面的额祈葛变得让她不认识了。

坐在她对面的，只是一个杀气纵横、吐纳天地的塞北之王，一个统帅燕云教横行无忌的神祇。

乌兰很想掀起身后的车帘，给车厢里的燕泊月一个安心的微笑，告诉她已经妥当，可以继续前行了。然而那种如锥刺骨的危机感一直让她不得安宁。她看不见那个隐藏的人，虽然她知道他一直就在他们周遭。她眼看着"空气"在很短的时间内解决了剩下的七个杀手，这种危机感不仅没有消失，反而渐渐变得更加沉重，压迫她的身体和精神，使她快要窒息。

　　"空气"是一个经验极其丰富的护卫，在他一生的交手经历中，也遇到过形形色色的暗杀者。有将自己打扮成树木或者照壁的，有潜伏在地下或者水中的，甚至有一次遇到过一对体态娇小、江湖人称"茸兔土狗，不留活口"的女杀手，她们二人一个擅长将自己扮成土狗，一个擅长将自己扮成野兔，诡异至极，但最终也被"空气"识破，死在了"空气"手里。

　　然而这个隐藏的人，却没有任何破绽。

　　"空气"生平第一次有些慌乱。经验告诉他不可以慌张，慌张会影响判断，从而影响反应速度。但是他不能不乱。凝重的杀气笼罩着车厢周围的所有人，却聚而不发，如一把锋利的匕首，抵在所有人的脊背上，却迟迟不刺下去。

　　谁料这时，车厢的帘子却被掀开了。

　　本来如已满弓的杀气，突然被这一个动作惊扰，像鼓胀的皮球突遇尖针、蓄积的洪水陡遭引流，"啪"地一声便拉断了弓弦、折断了针尖、冲破了堤坝，那迟迟未发的一击，就在此时，释放了出来！

　　只有一剑，这一剑仿佛是从梦里而来。如果长梦如长空，那么这一剑便是长空缓缓流动的云。

　　乌兰和"空气"都没有来得及做出反应。谁能抵挡一场梦，没有人能。正如没有人可以抵挡千百年来的黑虎啸月一般。

　　这一剑让他们都进入了意识的沉睡，杀气已如云雨消散，乌兰和"空气"舒服得差点要叫出声来，这一剑是安抚，是低语，是一切他们可以想象得出的美好事物的融合。

　　他们在冥冥中好似都有一种永恒沉睡的体悟，不过这感觉并不让他们排斥，结束他们颠沛流离的一生而进入永久的安眠，也未尝不是一件好事。

　　所以从某一种角度来说，这一剑也是一场漫长而短暂的告别。

　　掀开帘子的是燕泊月。她在车厢里察觉到身体抵在车厢上的乌兰的颤抖。周围很安静，有一种异样的氛围在滋生。她想看看乌兰是不是还好，外面的事情是不是已经结束，于是她选择撩开了车帘。

她看到了一柄剑。剑身很长，通体漆黑，黑色里有一点一点的星光。她从未见过这样一把剑，但是她莫名地对这把剑有一种很熟悉的感觉，好像曾经无数次在夜里与这把剑缠绵。

对，这一剑，是我梦里的样子。

握住这把剑的手很修长，手指很有力，也很柔和，看上去应该是一个好脾气且有主见的人。手的主人隐藏在这一剑和这一场梦的后面，看不分明。乌兰和"空气"都入睡了，仆从们恍若梦中，只有我还清醒。只有我独自面对这把剑和这一场告别。

不知为何，燕泊月此时却涌起了浓浓的诗兴。这一剑，值得她为它吟诵，为它歌，为它舞，为它动容。

"人生如梦，一尊还酹江月。"她启朱唇，幽幽地吟了一句。

剑气破空，越过车厢前诸人，击穿了车厢，远远逸去，在官道另一面的石墙上留下了一个深不见底的痕迹。"咯啦啦"连声响，车厢断成两截，向两头分开，一位如玉人儿般的女子暴露在光天化日之下，犹自沉浸在那一句的意境之中，未曾意识到危险只与自己擦肩而过。

此时乌兰和"空气"才醒转过来，急忙围在燕泊月身前，一边如临大敌，一边探寻燕泊月有何损伤。

"没有，中了我一刀，那一剑偏了数寸，你家小姐应当无碍的。他人也走了。"

隐杀者的声音平静地响起。他早已回到官道，见乌兰和"空气"应付裕如，便一直没有出手，只是等待那最后一击。果然那可怕的剑客出手一剑无人能挡，只有隐杀者在关键时刻出手一刀伤了他，使他失了准头。

书局的门也被推开了，书生从门里一跃数丈，来到隐杀者面前。左边身子一片焦黑，右边身子一层薄冰，不过神情依然淡定，应该没有受到什么损伤。

“她走了？”

“嗯，她武功太高，留她不住，不过，”书生有些得意地笑了笑，说，“七日之内，她应该是不能再动武了。”

隐杀者回过头来，看着刚刚明白发生了什么事情而花容失色的燕泊月，本想问她为何会在那一刹那间掀开帘布，不过看着现在她的样子，应该也只是偶然为之，便失去了询问的兴趣。

他看着满地死去和正在死去的人群，有些沉重地说道：“连‘赤焰冰煞’和‘昔梦神剑’这样的绝顶高手都能被派遣而来刺杀，这个组织到底是什么来头？”

第五章 空山凝云颓不流

距离济南府约二十里外，有一处不知名的泉眼，泉水不绝于流，汩汩地从泉眼里冒出来，水质清澈，因不为人所知，也没有府里的百姓前来争相打水，故而泉池里毫无杂质，一眼便可看到池底的水草与浮游之物。

泉水隐藏于峭壁之下，岩壁合拢，形成一个天井的开口。崖壁上青苔遍布，有藤蔓植物攀岩而上，水气弥漫，致使峭壁上湿滑无比，纵然有攀援的野猴，恐怕也难以在此处一展身手。

突然人影一闪，有一人从峭壁的开口处落下，在半空中脚尖一点岩壁，横里飞去，衣襟当风，也不见他和泉池边那颗柳树距离十分近了，只见他好似伸出右手，下一刻人便已在柳树下，右手执着柳树的枝条细细把玩，对早已等在柳树下的二人似乎视而不见。

那二人一人一身红色褶裙，一人一身青色大袍，正是"赤焰冰煞"尤真和在隐杀者面前逃离的蒋玉衡了。

蒋玉衡对着正在把玩柳枝的人施了一礼，恭声说道："见过昔梦兄。"

尤真看着没有任何反应的昔梦，不带一丝感情色彩地说道："没想到你也会伤在隐杀者的刀下。"

捏着柳枝的手终于放了下来，昔梦仰头看着崖壁上盘旋回转的鸟雀，仿佛心神已随它们翱翔在长空之下。

"隐杀者那一刀固然难匹，可也未必能伤的了我。真正让我分心的是那小妮子，那一句苏东坡的念奴娇，出口悲凉而又立意深远，仅凭一语已让我觉得仿佛有千军万马扑面而来，在那一瞬间略微失神，这才会伤在了隐杀者的刀下。"

他转过身来，人在柳树下，有风吹起，柳枝飘飘荡荡，挡在了他的身前，蒋玉衡和尤真均看不分明他的面孔和身形，只觉得在看着一幅韦应物的神韵画。

"你回去告诉他，"昔梦对着蒋玉衡说，"我欠他的已经还清了，从今天起两不相欠，相安无事。"

蒋玉衡说道："可是昔梦兄，任务并没有完成。"

"我只答应替他出一次手，现在我已经出过手了，而且还受了伤，我该做的已经做了，至于结果如何，并不在我的承诺之中。"

昔梦说完看了眼尤真，点了点头，若有所思地说道："看来'赤焰烈火'和'玄阴冰煞'也是遇上棘手的人物了。"

他没有再说什么，也没有再看他们二人一眼，只是回过身来，又拈起一根柳枝，忽然间拔地而起，在空中伸开双手，袍袖揽风，直如仙人。瞬息间便离开二人的视线，令二人觉得泼墨画一般的背景里顿失了主人公的踪影。

"空气"驾着马车，继续沿着官道赶路。他自己受伤甚浅，简单包扎一下便无大碍。两名仆从内力耗尽，虽然疲乏，也可以坐在车辕上慢慢恢复。燕泊月、乌兰、隐杀者、书生四人坐在宽大的车厢里，并未觉得如何拥挤。

燕泊月喂乌兰服下了几株从塞外携带的草药，令她横卧在车厢里的软塌上，自己则盘坐在软塌下方用兽皮铺垫的底面上，她这时候才有时间对着隐杀者和书生以燕云教的行礼姿势施了一礼，小声说道："两位救命之恩，泊月没齿难忘。"

隐杀者说道："我只是答应了令尊，沿途保护你，直至你平安到达杭州灵隐寺。你不用谢我们，就当我在还令尊的人情就好。"

"家父生前并未和泊月提到过二位，不知二位和家父是如何结识的？"

隐杀者沉默了一会儿，说道："待到灵隐寺了，我自会据实相告。另外，小姐可知是何人要对你施以毒手？"

"家父一生纵横天下，也不知得罪了多少对头，燕云教在中原各地都有自己的眼线，想来那些对头在燕云教附近也有自己的眼线，要问具体是何人所为，泊月一时间也是毫无头绪。"

"不会轻易善罢甘休的，时间一长，自然会露出狐狸尾巴来。"

蒋玉衡来到半山腰，又见到了半山道观内供奉的真武伏魔大帝的雕塑。此山古称白岳，与武当、青城齐名，山中林木繁茂，山巅之下更有烟火百姓，凿开了一条街道，名曰"月华天街"，每日浮云缭绕，宛若仙境。

他慢慢走过这条月华街，街边有铁匠铺、喜纸铺、烧饼铺、茶水铺，却没有除他之外的另外一个行人。蒋玉衡曾经就此事和主管月华街的执事有过商讨，既然没有外来的游客，又何必做这些买卖的铺子呢。执事的回答让蒋玉衡哭笑不得：没有客人，看看也是好的。

蒋玉衡小心翼翼地走出月华街，因为他知道这条街上的机关阵法之多纵然是他也不敢托大。曾经有一个不常回来的执事在路过月华街时由于粗心误触发了一处机关，当场被流火烧成焦炭，惨不忍睹。

月华街往上，浮云绕樑而居。还未到山顶，便有云水之气，蒋玉衡深吸了一口气，纵越而起，几个起落，已来到山顶一处楼阁门前。远远望去，楼顶何止与云平齐。楼阁大门上挂了一幅横匾：大象无形。

蒋玉衡轻扣门环，门缓缓自动推开，他不敢怠慢，快步走了进去，掩上门扉，便往楼阁上层走去。楼里堆满了各式各样的卷宗，从春秋时期的竹简、魏晋时期的木简，到唐宋时期的印本、元明两代的拓本，应有尽有，不一而全。

来到上层，有一人背负双手，身着淡雅的蓝布宽袍，正站在楼阁的窗边观窗外云海更迭。窗户的正上方有横幅高挂，上书七个大字，正乃李长吉闻名于世的一首七言绝句：空山凝云颓不流。

蒋玉衡见到此人，便低下头来，毕恭毕敬地一揖到地："宗主。"

第六章 天干物燥 鬼神报道

　　燕泊月和乌兰在客栈的上房住了下来。这间房处于楼层的最东边，距离楼梯之间隔了两个房间的距离。隐杀者和书生的房间紧挨着她们二人，"空气"和两名仆从则住在靠近楼梯的那一间。这样即使有人心怀不轨也必须先经过他们的门前，以他们的警觉和反应速度当能保证小姐的安全。

　　他们于太阳落山之后的一个时辰内遇到了这家客栈，将马解下缆绳赶入店家自备的马房中的时候，漫天的群星正如流萤一般扑入众人的眼里。客栈里客人稀少，听店家说，大多数赶路的人都在太阳落山前赶到下一站的沂州府去了。

　　众人安顿好房间与行李、马匹之后，吩咐店家准备晚饭。燕泊月受到了惊吓，只喝了一碗小米粥便不再进食。乌兰精力受损，喝了些米汤，便早早地睡下了。隐杀者与书生倒是点了一壶黄酒，几个小菜，端进自己房间享用。"空气"和仆从们是最没有受到影响的，三人各吃了一大碗牛骨汤面，外加一份牛肉和十二个羊肉烤饼。

　　书生和隐杀者喝了两杯黄酒，推开窗户，左右看了下，关上窗户，走到门边，推开门检视了下无人的走廊，关上房门。二人复坐在桌边，书生先开口说道："我觉得事情有些不对。"

　　"不妨说说看，与我心中想法做个印证。"

　　"如果只是单纯地想要刺杀燕泊月，单凭一个尤真或者昔梦，也是易如反掌的事情。然而这一次行动不但昔梦和尤真联手，另外还有四十名一流杀手辅助，这样的阵容未免有些小题大做了吧。"

　　"可能行动的组织者，已经知道了你我二人的存在。"

　　"不对。从你阻截了传信鸽到在纳凉亭击杀那人，后又成功潜伏在车厢旁等待昔梦出手一剑并反伤了他的种种迹象表明，参与此次行动的狙杀者并不知道你是暗中保护燕泊月的人。"

隐杀者沉默了一会儿，站起身来，踱到房间的最西角。书生又倒了一杯酒，酒体呈琥珀色，清香沁脾，其上飘着几片桂花，浓淡相宜，值得浮一大白。

隐杀者转过身来，看着书生，说："燕笑我托付我一路上暗中保护他女儿去往杭州灵隐，却并没有告诉我真正的原因。但既然是托付了我这个外人，他必然不会告诉自己身边的人，甚至连她的女儿都不会告诉，以防她女儿口无遮拦，告诉了身边的亲信，以至于走漏了消息。一代枭雄到最后落得身边无人可信，悲乎哀哉。所以，"他双目如电，看着仍然在喝酒的书生，说道，"知道这件事的，应该只有燕笑我和我两个人，不会再有第三个人了。"

书生放下酒杯，一脸美酒入喉的满足表情。他回味须臾，用指尖抚摸着酒杯的边缘，说道："假设我们认定，行动的组织者知道了你我的存在，但是他却没有告诉这些杀手和死士，让他们来送死，这是出于什么样的目的？其次，退一万步说，假设行动的组织者并不知道你我的存在，但是他仍然派出了尤真和昔梦这样的绝顶高手来刺杀燕泊月，是不是能够说明，燕泊月一行人还有一些我们不知道的手段和秘密？"

他又倒出了一杯酒，看着酒体在酒杯中缓缓旋转后趋于稳定，缓缓说道："如果第二种假设成立，燕泊月一行人还有一些深不可测的手段技艺，那么对我们来说，也未尝不是一件好事，至少平安到达灵隐的可能性又大了几成。可是，"他的表情突然变得严肃起来，"如果成立的是第一种假设，那么，这一件事情，就变得相当的复杂了。"

隐杀者说道："不错。如果行动的组织者知道有你我存在，却并不告诉行动的执行者，那么便有了几个可能。其一，是想借这次行动，打探我们的虚实，称一称我们的斤两。其二，如果昔梦和尤真可以得手，便一举两得，既能铲除我们，又可以刺杀了燕泊月。其三，那便是……"

　　书生此时也抬起头来，看到了隐杀者眼中那奇怪的神情，十分确定地点了点头，说道："正是。"

　　"空气"坐在窗前的油灯边，解开了身上伤口处包裹的布条，正在查验身上的伤处。两处剑伤已经止血，伤口处已结痂，并无大碍。腰上一处刀伤比较深，入肉半寸，不过也止住了血，预计再过两天便可以收口了。

　　他一生纵横杀戮之地，自幼便父母双亡，由边塞的流寇抚养长大。十三岁第一次杀人，用的是一把鬼头刀。之后二十年杀戮无数，但每一次"空气"都能活下来的原因，是因为他自幼修习的"回天生息吐纳心法"。

　　进入燕云教之后，遭遇了一场他生平未遇的苦战。那时他身为燕云教护法的马夫，在行路之中遭到了边塞另一个势力——回鹘帮的袭击。回鹘帮的两大供奉——梦醒纸笺和十八墨缘同时出动，誓要将燕云教大护法斩于马下。

　　"空气"是保护人群中的主力。他身中梦醒纸笺十余记"纸刀"，又被十八墨缘的"墨剑"刺伤十余处，浴血浑身，杀红了双眼。最终梦醒纸笺和十八墨缘畏惧他悍不畏死的舍身攻击，妄图收身撤退，这时候"空气"的反击才铺天盖地的朝他们发动。最终，回鹘帮两大供奉均死在了"空气"的掌下，而"空气"身上又中了十余处纸刀墨剑，几乎回天乏力。

　　然而在修养了半个月之后，凭借"回天生息吐纳心法"惊人的恢复力，他居然又重新站了起来，默默地回到了马夫的岗位上，继续护卫教内高层的出行安全。一个月之后，燕笑我带着数十名教内精锐，杀入回鹘帮驻地，亲手拿下了回鹘帮帮主公羊毛盛的首级。

　　"空气"还清楚地记得，燕笑我当天晚上提着公羊毛盛的头颅，在庆功酒宴上拍着"空气"的肩膀，大声说道："这颗头颅我赠与你，作为你伤口的回报。"自那一天起，"空气"便决定誓死效忠燕笑我，再无二心。

他叹了口气，找了几块干净的布条，将伤口重新包扎起来，正准备熄了油灯躺下休息的时候，突然听见门口有异响。声音很轻，但又哪里能够逃过他的耳朵。他回过头看着已经入睡的两名仆从，一个大步跨到门边，果决地推开房门来到走廊中，在瞬息间全身上下皆是守式。

走廊里空空如也。

他正准备沿着走廊探查，突然听见房中窗户响动，他急忙跃入房内，看见窗户已经推开，窗前的油灯被风吹灭，一个身影站在他们床前，面目看不分明。"空气"正欲呼喊，突然脑后一凉，便再也没有了意识。

蒋玉衡双手垂下，低头站在大象阁里，刚刚汇报完此次行动的所有细节的他正在等待宗主的责罚。然而过了半晌，却并未传来任何声响。他不禁抬起头来，看见宗主还在观仰阁外云海最后的变幻。

又过了半晌，蒋玉衡听见一个温润如水的声音不疾不徐地传了过来。

"昔梦不能为我所用，委实是可惜了人才。以他的武功，如果有一点点野心，燕云教也难以跨入徽州半步，燕笑我也难以在上次的中原试炼大会上连伤数名中原武林名宿，一时称号无敌了。不过好在此人闲云野鹤，不受拘束，没有霸欲，就暂且随他去吧。"

"是。"蒋玉衡低首应道。

"我会安排阚山与海凝随你一道去杭州府，中途的事情你们不用参与，已经安排妥当。你下去吧。"

蒋玉衡低首后退数步，转过身来，离开了大象阁。

宗主依然背负着双手，盯着云海深处，沉吟半晌，突然开口说道："天云，你对此事作何评价？"

只见那漂浮在楼阁之外的悬空云海深处忽然云气散乱，云雾里一个桀骜不驯的声音懒懒地响起。

"隐杀者的武功已经超乎了预计，就凭他一夜之间领悟了黑虎啸月之势便可以看出，他的武功绝对不在燕笑我和昔梦之下。梁空之死是无奈之举，你'空山凝云颓'五大高手从未失手，而今损失了'空'，足见你对此次行动的价值和重要性的判断是空前未有的。阚山和海凝，加上那个时而正常时而疯癫的'颓'，不是蓝大先生可以阻挡的，灵隐一战胜券在握。不过你召唤我出来，应该是想让我替你去解决掉那个最棘手的隐杀者吧。"

宗主抚掌笑道："不愧是当年虚天神教的教主，果真料事如神。此次如有你虚天云出手，灵隐一战当保万无一失。"

虚天云"哼"了一声，不再说话，云海的紊乱逐渐归于平息，直至不动声色地环绕在大象阁之外。

隐杀者和书生四目相对，心中震惊正难以平复的时候，突然有人在门上"噔噔噔"地敲了三下。

"天干物燥，我是小二，客官开门，鬼神报道。"

第七章 一叶落而知天下秋

蒋玉衡又走过月华街，从街上卖烧饼的铺子里买了两块梅干菜烧饼。他很怀念这个味道。自己小的时候家里很穷，经常一天只有一餐饭，还是些野菜和黍米糊杂拌在一起的吃食。娘在记忆中一直是不能下床的，在他还小的时候娘被县城里的马车撞倒，车轮碾断了右腿骨，腰在落地的时候受了重创。

撞人的马车是县里苏家的采办车，因为撞到了他娘，致使车里两坛陈年的老酒被打碎，车夫不但没有赔他们钱，还威胁说要他们赔酒钱。他爹花光了家里的积蓄，请来县里最好的大夫医治，勉强保住了他娘的性命，却从此再也下不了床。

一个正月里的日子，他爹带他去县城里卖自家地里种的萝卜。旁边是一个卖梅干菜烧饼的。他爹用卖萝卜的钱给他买了一块梅干菜烧饼。他吃的好香，觉得这是自己吃过的最好吃的东西了。然而就在那个月，他娘死了。

他觉得他娘的死是因为他吃了那一块梅干菜烧饼，如果不是自己那天吵着要爹非给他买那块烧饼不可，如果这钱省下来给娘多买一点药吃，可能娘就不会死了。

蒋玉衡后来回过自己儿时住过的那个地方，第一件事就是找到往日那个车夫的家里，把车夫扔到街上，用马车碾断了他的腿。

他还在那个卖烧饼的那儿买了一块烧饼吃，卖烧饼的人已经老了，吃不动烧饼了。他觉得烧饼的味道变了，那个刻骨铭心的味道已经淡了，也许人生本就如此。

蒋玉衡收敛心神，下了山，一直到了距离山下五十里的地方才进了一家酒楼歇息。他看到酒楼掌柜身边柜台上放着一瓶桂花酿，便买了几个馒头装进包袱里，慢悠悠地喝了一壶茶，在天黑之前离开了这家酒楼，左转右转，走进了这个镇子上一处早已经封店停业、隐藏在小巷之中的药铺里去。

药铺里有浓浓的药味，似乎有人正在炉子上熬着一剂清凉发散、舒经活络的药汤。

一个头戴竹笠、身穿白色短袍的男人坐在药铺里唯一的一张桌子前，正在用一支纤细的毛笔，画着一个瘦小的女子的肖像。

蒋玉衡走到桌子前，把包袱放在桌子上，自己也坐了下去，却没有说话。身穿白袍的男人也不说话。

屋里只能听见炉子上煮药的声音。

过了半晌，白袍男人终于把女子的肖像画完了。他放下笔，长长地嘘了一口气，好似完成了一件杰作般松弛下来。

"不流有什么下一步的计划？"

"他会安排'山'、'云'和我，一起去杭州府，再加上那个'颓'。这之前的事情我介入不了，他已经安排了别人。"

"我们的人一路都在跟踪他们，三天前他们在不到沂州府的一处客栈落脚。第二天却全部消失了，连客栈的掌柜和伙计都一个没剩下。只剩下了三具尸体，经我们的人回报，应该是燕泊月的马夫和她的两个仆从。"

"他们不会是半夜偷偷溜走了？"

"绝对不会。我们的人一直盯着客栈，没有一个人进出。马房里的马纹丝未动，马车也留在了原地。再说，他们走为什么连掌柜和伙计都不见了呢？"

"那必然是这间客栈有些古怪。"

穿白袍的男人点了点头，因为竹笠遮住了脸，所以并看不见他的表情。

"我们的人进客栈探查，发现了一些很有趣的东西。"他顿了一顿，语气里尽是玩味，"在二楼的走廊里，发现了一块碎片，经过反复比对推敲，认定了这块碎片来源于一种面具。"

穿白袍的男人像是在说着一件陈年旧事一般，仿佛这件事情他毫不关心，只是一个饭后闲谈的故事罢了。

"这种面具来源于一个十分神秘的门派，这个门派起源于两湖，门派中人信仰鬼神之力，派内常年供奉鬼王地藏和十殿阎罗，他们行走江湖之时也常带着鬼怪的面具。门派有十大供奉，每人对应一尊阎罗，因此每人的面具都不相同。而这一块碎片，经过比对，我们判断，是来自于十大阎罗中最负盛名的十殿转轮王。"

蒋玉衡有些动容，不禁失声道："原来是两湖的地藏党，那就不足为奇了。江湖传言他们行事诡秘，不可以常理度之。此次燕泊月一行人失踪必然是出自他们的手笔。"

"另外，我们的人在勘察客栈的时候发现客栈的结构有异，应该有一部分是藏于地下的。正在搜寻打开的机关，一有发现就会继续追踪下去。"

"不愧是江南叶家，武林公认的追踪第一世家委实名不虚传。"蒋玉衡满脸的佩服，好像真的被叶家的技艺彻底折服了一般。

"闲话少说，轮到我来问你了。你可查出来不流到底是为了什么会如此兴师动众地阻截燕泊月，不惜牺牲梁空也不惜动用地藏党的势力？"

蒋玉衡盯着白袍男人的大竹笠，神情突然变得非常非常严肃。

"什么？令牌？"

一望无际的草原如一幅永远涂抹不完的画布，在远处顶上覆盖着皑皑白雪的山脉之前无穷无尽地铺展开去。三个高大魁梧的身躯站在下风处低矮岩石的阴影里，看上去年纪最大的那个手里拿着一张纸条，在读完了纸条上的内容后，另外两个人不由得脱口而出问道。

"正是。"为首之人将纸条攒在手心里，有些阴沉地说道，"爹把含有宝藏积蓄和失传武学秘密的令牌交给了小妹，而杭州灵隐的蓝大先生正是解开令牌上秘密的关键人物。"

"大哥这消息是否确实？"

"确实。传信之人是我在中原安插了多年的眼线，当信得过。"

“原来爹到最后，还是想着这个最小的女儿。”

老大面色一沉，突然说道：“二弟，三弟，快随我一同跪下参天！”

三人面对远处的群山跪倒在茫茫荒野之中，一阵风吹过，草地上掠过风的形状，远远可以听见三人断断续续地祈祷之词。

“燕云教第三代教主燕周，携护教法王燕录仁、执教明王燕安成，为发扬吾教，夺回吾教所有之物，今立誓不顾骨肉亲属之情，望吾教先人与大燕神祇保佑吾等、宽恕则个。”

第八章 百无一用是书生

燕泊月看到了一片熟悉而又陌生的草原。成群的牛羊在草原上铺展，云底下盘旋着一直等待机会的猎鹰。这是她生活的地方，她在这里生活了二十年，记得这里的一草一木。然而这地方又是陌生的，她有些狐疑，太安静了，色彩太艳丽了，风吹过来头发却没有飘起，阳光照在脸上也没有一丝温暖。

呼桑朝她跑过来，用头蹭她的脸，她的脸是麻木的，呼桑的鬃毛撩过她的脖子也不像平日里那样觉得痒。她用手摸呼桑的额头和下巴，像摸着岩石一般坚硬冰冷。博古在她头上盘旋了两圈之后，落在她右边的肩膀上，没有重量，她的肩头没有感觉到任何带有热量和重量的生命。"你们都怎么了？"她难过地问它们，"抑或是我怎么了？"

两个人影渐渐在她眼前出现。她很确定他们一开始是不在那里的，黑色的线条突然编织出来两个轮廓，并且在阳光下越来越细密、清晰。

是额祈葛和额赫。

一瞬间她的眼眶湿润了。额祈葛、额赫，月儿好想你们。

然而额祈葛和额赫好像并没有意识到她的存在。额祈葛搂着额赫，站在风与草的势口，用手指着眼前的疆土，好似在和额赫说着多少英雄梦想。额赫一直背对着她，她看不见额赫的脸。记忆中额赫的相貌是塞外最美的，边塞的语言称赞女子美貌是"如清晨的露珠一般剔透"、"如初绽的鲜花一般艳丽"。她觉得这还不够，额赫的相貌应当是"如长空下皑皑的雪山一般高贵"的。

额祈葛和额赫就这样静静地站在那里，直至一望无际的天空上突然飘来了一块硕大无比的垂天之云。这云是如此之庞大，不禁使她想到了《逍遥游》里的鲲鹏之羽翼。云翼遮住了天光，草原上妖风四起，牛羊受到了惊吓，纷纷往大地的另一面跑去。

她心中害怕起来，正想喊父母一同躲避的时候，却在此时，她美丽温柔的额赫毫无征兆地掏出一柄匕首，刺入了额祈葛的左肋。额祈葛脸上满是惊讶和悲苦的神色，看着她额赫凶神恶煞的脸。额赫抽出匕首，又刺入了额祈葛的右肋。额祈葛仰天长叹一声，泪水滚滚落下，终于抬手击在她额赫的头顶，她看见额赫的眼珠子蹦了出来，脑袋碎成了粉末，整个身体又重新化成黑线，被头顶的乌云尽数吸收。

额祈葛肋下插着匕首，转身朝她走过来，她此时才看到额祈葛的脸，一张充满了疲倦、绝望、悲哀的面庞。

"泊月，我杀了你娘，你也和她一块儿去吧。"

额祈葛出手勒住了她的咽喉。她喘不过气来，眼前逐渐黑暗，她挣扎，可是完全不能挣脱。

"泊月，醒醒。"

"醒醒……"

燕泊月大叫一声醒了过来，不由得在醒来的同时长长地吸了一口气。乌兰伸手扶住了她，关切地说道："小姐，做噩梦了吗，醒来就好了。"

"原来……是梦。"

燕泊月定下神来，发现自己睡在一处茅屋之中，身边除了乌兰，还有那个看上去一无是处的书生。"空气"、仆从和与书生在一起的那个人却不见了踪影。她不由得拉拉乌兰的衣服，问乌兰："其他人呢？"

乌兰有些沉痛地说道："小姐，空气和那两位都不幸遇害了。隐杀者行踪不知。您晚上睡着的时候我们遭到了袭击，您中了迷烟，一直昏睡到现在，是这位恩人守着我们杀出重围来到这里的。"

坐在一边的书生一直没有说话。昨晚的经历委实有些奇异。他们听见有人敲门之后，窗户就被打破，扔进来几枚迷烟丸。他在瞬间冲破了屋顶，避过了迷烟，却就此失去了隐杀者的踪迹。

他在一个弹指的时间里又从另一个入口进入客栈，看见乌兰守着中了迷烟晕厥过去的燕泊月，正在客栈里与一个戴着面具的人交手。乌兰明显不是那人的对手，加上自身精力未复，几招之后便险象环生，他上前接下那人的攻势，一面观察着客栈里的环境，却一直没有发现隐杀者的踪迹。

戴面具的人轻功很好，出手角度奇诡，他辨识了一会儿招数，也没有认出这人的来历。那人显然也未出全力。

书生决定擒下此人，逼问整件事情的来龙去脉了。

他正冠、肃容、整衣、掸袖，仿佛要去见一个儒家之长者一般，精、气、神三位一体，眼观鼻，鼻观心，不苟言笑，却轻轻地伸出了自己的手。

右手。右手食指前伸，对着面具人轻轻地点了一点。

一指如点江山、点孤鸿、点云霞、点绛唇，就这么不偏不倚地点在了面具人的面具之上。

面具人临空倒翻，往后纵越、转体、翻身，再纵越、转体、翻身，如是四次之后，才卸去了这一指的大力，站在落脚处不停地调息。不过面具却"咯吱"一声，有细纹出现，逐渐越来越多，随后裂开，直至分崩离析，从脸上完全脱落下去。

面具后的，竟是一张姣好的面容。

她终于拿出了自己的武器，一把不住旋转的似转经轮又似雷公轰的兵器，对书生说道："原来你是江南迟家的人。"

江南迟家，曾经的三大世家之首，跺一跺脚都可以震慑武林的存在。迟家到了迟老爷子那一代更是空前绝后，除了迟老爷子自己独步武林之外，更是有两个武学奇才冉冉诞生。

一个便是迟老爷子的嫡亲长孙，自创"无的放矢"绝世箭法，号称年轻一代无敌的"逾矩道箭"迟无颜。

另一个，便是迟无颜的堂弟，在迟家年轻一代里排行第三的迟简郎了。

迟无颜天资太高，对迟老爷子传授的武学不屑一顾，青出于蓝，自己将所学所想所感所知融会贯通，创了自己的独门武学"无的放矢"箭法，纵横江湖十余年，未遇敌手。

迟简郎的天资也高，但性格温顺，迟老爷子便选中了他，作为自己的衣钵传人。迟简郎在自己三十岁的时候，便将迟家的两大绝学悉数练至巅峰，连迟老爷子都对他的资质赞不绝口。

后风云突变，迟老爷子在当时江湖中具有震古烁今影响力的"灭唐"行动中身受重创，不久便撒手人寰。本想将迟家家主的位子传给迟无颜，可迟无颜闲云野鹤，受不得这样的拘束，拒不接受家主的位置。迟简郎在迟老爷子伤重后也是心丧若死，独自离开了家门游戏江湖去了。所以迟家的家主之位最终落在了排行老二的迟静水身上。

可惜迟静水能力平平，迟家在"灭唐"一役后高手精锐也伤亡不少，导致如今家道中落，渐渐地被江南的叶家赶超，就这么没落沉沦下去了。

如果不是这一指，谁又能想起曾经被迟家点遍的江山。

迟简郎没有动，只是站在原地盯着面具人所有细微的动作。

"能避过我一式'江山指'实属不易，以你的武功在江湖上不会是无名之辈。再看你戴的面具和诡异的身法，莫非你就是以鬼神之名行走江湖、号称替鬼行道的那个地藏党里的转轮王吗？"

转轮王桀桀怪笑，笑声和她的面容形成了鲜明的反差。

"我管你是迟家还是叶家的，我法轮已经转起，你的死期到了。"

转轮王如鬼魅般的身法运展起来，在迟简郎身边恍若鬼影栋栋。她要找一个最好的时机下手，她对自己的轮法极有信心，在她的转轮之下还没有能活着离开的对手。

迟简郎还是一动未动。他只是缓缓收起了自己的手指，转而握拳，对身边的鬼影宛如未见，喃喃自语道："我迟家的武学，又何止指点江山。"

然后他动了，动的如此突然，让转轮王都吃了一惊！

他出了一拳。一拳便锁定了转轮王的真身位置，一拳便定鼎了天下。

转轮王只觉得这一拳从每一处可以出拳的缝隙处袭来，整个天下已完全没有自己的容身之处。这一拳是宿命的一击，是撕裂黎明的破晓，是蹦碎乌云的雨涝。这一拳不是江山，而是天下！

指点江山，拳倾天下！

纵然是与整个天下为敌，这一拳也毫不畏惧。

转轮王用手中的转轮挡下了这一拳。转轮片片碎裂，倒击在她身上，她不由得喷出了一大口鲜血，身影一闪，便消失在楼梯后的阴影之中。

"有暗道。"迟简郎站在原地，又变成了那个看上去百无一用的书生。

乌兰在一旁看得呆了，听他这么一说才缓过神来，和他一同搜寻机关，研究打开暗道之法。二人最终打开了暗道，从暗道里走出来，找到了这一间无人的茅屋暂时歇息。

听乌兰缓缓说完这段惊心动魄的经历，燕泊月这才注意起这个看上去人畜无伤的书生来。

百无一用是书生，唔，倒还真未必呢。

第九章 山中岁月 指间琉璃

"当真是为了那块令牌？"穿白袍的男子有些惊讶地问道。

"是的。"蒋玉衡肃容应道。

"据我们所知，燕笑我练的武功便是他们燕云教的镇教武学'死水微澜'，且已经将此武学练至妙境，纵然是上一代初创此武功的燕胡桑，都未必能在境界上胜他一筹。他如果想将此武学传授给子女，应当是极为简单的事情，为何要用一块令牌来故弄玄虚呢？另外，燕云教虽然势力庞大，党羽已经遍布中原和边塞，可其日常开销也是极为惊人。燕笑我在最后几年经常为账目而烦恼，如果真有宝藏，他又何必将自己放置如许境地？"

蒋玉衡瞥了一眼兀自在炉子上"汨汨"沸腾的药汤，不紧不慢地说道："燕云教能够从塞外崛起，完全是依靠当年燕胡桑一己之力。世事如白云苍狗，一代英雄皆化为枯骨。燕胡桑在边塞崛起的时候，迟家老太爷也只年届不惑，号称武林第一人的唐白木仍然如日中天。现如今驰骋武林的迟无颜、唐定禅、朱雀等人，当时还只是黄口小儿。江南迟家受当时中原武林群雄所托，赴边塞与燕云教谈判。燕胡桑与迟家老太爷最终约定以武定夺，连战三场。迟家老太爷拳指双绝，是近百年来空前的人物。可燕胡桑以拳对拳，以指破指，在前两场中与迟家老太爷不分伯仲。第三场二人决定以文代武，各自写下对武学境界的感悟，以此来分高下。迟家老太爷当时写下了影响后世几十年的两句武学妙悟：拳局竟万仞，红颜弹指老。当时此两句一出，所有人均觉得燕胡桑必败无疑。这两句话所包含的武学造诣亦刚亦柔、亦巨亦细，直可谓拳指由心，无人可出其右了。"

蒋玉衡顿了一顿，喝了一口面前的粗茶，面带微笑地继续说道："谁知道燕胡桑毫不介意众人的看法，大笔一挥，便在白纸横幅上落下了七个大字：起手碎影舞斜阳。迟家老太爷看罢长叹一口气，投笔认输，从此不再踏足边塞一步。"

白袍男子听罢点了点头，语气神往地缓缓说道："以手破影，身舞斜阳。亦真亦幻，亦实亦虚，这种境界，实已是武学的巅峰了。迟老太爷那两句虽然惊艳，但与这一句相比，未免落了着相之弊。不愧是燕云始祖燕胡桑。"

蒋玉衡正色道："正是。白袍兄武学素养极高，想来应该可以理解燕胡桑的武学境界了。可是他又何止如此。事过之后三年，燕云教势力侵入蜀中，唐门勃然大怒，想当时唐白木在中原如无上神祇，谁能料到燕云教居然如此胆大，连唐门在蜀中的影响力都毫不顾忌。唐门连续拔掉了燕云教在蜀中的组织，并向燕胡桑发出邀约，可敢来与唐白木一战。那一年，唐定禅才刚刚拜入唐白木门下，燕笑我也只是一个不谙世事的少年。燕胡桑果然没有怯战，他独下四川，单人入蜀中，迎战武林第一人唐白木。江湖各派中人闻此消息，趋之若鹜，连夜入蜀，第二天蜀中唐门的门口挤满了各门各派想一观这惊世一战的人。不过唐门并没有允许众人观战，只是邀请了几位武林中的名人作为仲裁，在唐门府内进行了这场比试。比试的结果无人得知，只是后来燕云教主动撤出了蜀中，而唐门也不再继续追究。"

叶白袍扶了扶头上的竹笠，显然已被这段往事震撼，半晌没说出什么话来。

蒋玉衡喝茶润了润嗓子，继续说道："可是武林中人都想知道这场旷世大战的结局，究竟谁更胜一筹？于是各路人马调动各路资源打听这一战的结局。在场观战的武林名宿有人在观战后直接归隐，不问世事。有的从此心灰意冷，不事武学。更有的在回去后每日饮酒大醉，醉了之后就失声痛哭，不成体统。然而并没有人能问出什么来。唐门子弟更是闭口不言。所以后来十几年间这一战的结果一直扑朔迷离。直至唐定禅行走江湖之后，有一次他与迟无颜在漠花林里摘花佐酒，二人共饮一醉后，唐定禅与迟无颜聊到当年一战，有些醉意地说到，唐白木在他面前曾只对两人赞不绝口，一个是朱雀所属的飞鸿会会主，左丘飞鸿；另一个便是燕云教的创始人燕胡桑了。唐定禅当时拍着迟无颜的肩膀，有些唏嘘地说，他实在没有想到，居然还有人可以接的下唐白木的绝学——‘画星雕月，飞翼追风’。”

　　“所以，”蒋玉衡看着面前那一顶大竹笠，悠悠地说道：“白袍兄，燕胡桑的武学，又何止‘死水微澜’呢？世人只知道‘死水微澜’，是因为燕笑我继燕胡桑之后，更加扩张了燕云教的势力，燕笑我的威名广为传播。他练武精专，将‘死水微澜’练到极致，并不贪多，然而以燕胡桑之盖世无敌，留下的武学心法图谱又何止只有一门呢？燕胡桑理财有方，将自己数十年积蓄的财宝托付给蓝家人看管，并告诫燕笑我非到生死存亡的时刻不能动用，所以燕笑我才会在后期的账目问题上大伤脑筋。这些情报都是由不流经各种渠道搜集而来，堆放在大象阁里，当无虚言。”

　　叶白袍沉默了一会儿，把手中女子的肖像画递给了蒋玉衡，说道：“燕泊月他们必定跑不出我们叶家的手掌心，此次追踪而去的人，正是家姐。有她出马，地藏党的人不堪一击。这幅画便是家姐的肖像，你认一下，以免自己人误会了。”

　　蒋玉衡神情一凛，有些动容地问道：“莫非便是叶家那位在山中独自居住，将世间所有指法融会贯通，并自创‘琉璃神指’的叶琉璃吗？”

　　叶白袍陡然站起身来，竹笠下的眼睛里有狂热的神色。他接着蒋玉衡的话说道：“山中岁月，指间琉璃。家姐的指法，当世已不做第二人想。”

第十章 风云已往事 一笑显琉璃

燕泊月坐在马车里，一直在回味着自己两天前做过的那个梦。死去的爹娘、白雪皑皑的山脉、冰冷的触觉、毫无温度的呼桑、重量不再的博古、刺击熟练的额赫、杀妻弑女的额祁葛，这些景象与人物如同消散不去的迷雾，盘旋在燕泊月的脑海中无法解脱。

因为从边塞带来的马匹与马车留在了那家诡异莫名的客栈里，所以迟简郎与乌兰二人从镇子里的集市上又买了两匹马与一辆马车，乌兰原本准备自己坐在车架上赶马，却被迟简郎抢过去缰绳，说这样的活计还是让他来做好了。乌兰和燕泊月坐在后面的车厢中，一个满腹心事愁眉不展，一个盘膝打坐恢复真元，二人都没有说话。

马车的脚程极快，两日后已进入了应天府境内。

元至正十六年，明太祖朱元璋亲自带兵分三路用十天时间攻破集庆路，并改名应天府，作为明朝京师所在。取名应天，乃"顺应天意"之所谓。京师初立，江湖动荡，原本以塞外高手为主而坐大的逐鹿帮，在失去元朝政权的支持下开始崩裂，大批驻派高手遭到明朝内阁拥护的武林势力暗杀，更有一批边塞豪杰见大势已去，纷纷流亡塞外，此时，燕胡桑的燕云教才刚刚在边塞崛起。逐鹿帮的元老高层集结在边塞，本想群起而功之，杀死燕胡桑夺取教权，谁料全部惨败于燕胡桑手下。燕胡桑杀死了坚决不妥协的逐鹿帮长老，其余诸人纷纷投降，表示效忠燕云教，这才是燕云教后来逐渐壮大的第一个契机。

与此同时，由明朝内阁暗中支持的一个神秘组织——飞鸿会在京师声名鹊起。飞鸿会首脑左丘飞鸿将正在逃亡的逐鹿帮帮主乌鲁特拦截于玉门关内。乌鲁特随从众多，马队不下数十人，还有逐鹿帮四大供奉环伺左右，不可谓不是一股精锐势力，很多门派世家想趁火打劫，却忌惮他们的实力从而不敢下手。而左丘飞鸿身边，只有两个年轻人，一个一身红衣似火，一个一身青衣如墨。

左丘飞鸿独战乌鲁特和两大供奉，以惊世手法破了乌鲁特名震江湖的"天荒地老唯我独葬"神功，并赤手空拳瓦解了以枪和剑威震中原的两大供奉所有攻击，进退之间游刃有余，笑声入云，说人称"一枪一昆仑"和"一剑一须弥"的二位也不过如此。左丘飞鸿在击退了他们的进攻并击垮了他们的自信之后，格杀了他们三人，此时，红衣与青衣也刚刚击杀了其余所有马队成员。

这一战之后，左丘飞鸿的名声冠绝武林，飞鸿会正式入主京师，一红一青两位年轻人也开始被武林关注，世人才发现，原来他们只是飞鸿七门中朱门和青门的两位门主。

明朝内阁扶植飞鸿会，一来是为了行官府不能行之事，二来也是为了震慑那些根基坚实的世家和帮派。迟家、叶家、南宫家这些历经数代的世家，也确实都暗地里和飞鸿会有过摩擦，不过都被飞鸿会深不可测的实力所震惊，从而韬光养晦，明哲保身。

燕胡桑当年也想将势力渗透到应天府里，不过因为飞鸿会在应天过于强大，最终只得作罢。后又欲入驻蜀中，却又被唐门排挤，故尔燕云教虽然名震天下，不过在唐白木和左丘飞鸿手上，燕胡桑不得不说都吃了小小的败仗。

后明朝迁都顺天府，应天府作为留都。飞鸿会与内阁关系渐渐疏离，左丘飞鸿年岁渐大，也不愿再移步顺天，加上飞鸿会在应天府已经根深蒂固，所有人脉和渠道也都在江南一带，确实也无法再迁移。原本支持他们的首辅丞相李善长在迁都顺天府后因结党营私被满门抄斩，后来新组成的内阁对飞鸿会也是不冷不热，在京师重新培植了八分天下堂之后，便彻底与飞鸿会断绝了往来。

再后来便是震古烁今的"灭唐"行动，几乎所有名门世家都参与了这场浩瀚无比的行动，蜀中唐门在称霸武林的计划失败之后，奋起反扑，由唐门家主唐南诗组织的唐门绝顶高手阵容对战各路江湖高手，场面之惨烈，战况之空前，未见之人委实难以想象。连江南迟家、叶家、南宫家、飞鸿会、燕云教、八分天下堂都参与了此次事件，各势力的顶尖武力倾巢而出，连迟老太爷这样站在武林顶端的人物都因为伤重而撒手人寰。

唐白木最后也被数十位绝顶高手围攻而死，死之前他施放出了无人可以比拟的终极暗器绝学——"画星雕月，飞翼追风"，使得十数位原本在江湖中被无数人仰视的绝世高手在瞬间身首异处。这位被唐门塑造起来的武林第一人，也就这样宿命般地结束了自己的生命。

燕胡桑和左丘飞鸿并未直接参与本战，只是派出了麾下的顶尖战力，也是死伤惨重。事件结束后，燕胡桑和左丘飞鸿均明确表示过，如果唐白木不姓唐，又何尝不会是他们之好友。

左丘飞鸿在数年后将飞鸿会会主一职传给了青门之主，自己归隐山林，不问世事。飞鸿会一度受到朝廷打压，更是不断地有八分天下堂的势力来骚扰，幸好自身底蕴十足，内部团结一体，才没有重蹈逐鹿帮的覆辙。现如今核心机构仍然在应天府内，只是做事十分低调，江湖中也鲜有他们的传闻。

迟简郎坐在马车车架上，看着沿路而去的雕梁画栋，安居乐业的黎民百姓，心中追思着应天府曾经的辉煌与热血，飞鸿会以往的皇图与霸业，不禁有些神往。他虽未参与过"灭唐"一役，也未与飞鸿会打过交道，但是从小在爷爷身边长大，爷爷除了教他武学之外，也跟他说过很多江湖事。他虽书生气重，可内里却是一颗武者的心。

正当他豪情激越的时候，背后的车厢里传来燕泊月的声音："迟大哥，我和乌兰有些饿了，能麻烦您停一下车吗，我们去路边买点吃食。"

迟简朗转头看了下官道两边的小食摊，这才想起来已经两餐未进了。他不由得哑然失笑道："好，你们二位还是不要出来了，想吃什么跟我说，我来买。"

他把马车停在官道的路边，看见斜刺里有一个卖梅花糕的小姑娘，心想买两个梅花糕给她们尝尝，也是江南的特色。他从车架上下来，一步一步地往那个小姑娘的方向走过去，走到第三步的时候突然发现，他和小姑娘之间的距离好像一点也没有接近。

那个卖梅花糕的小姑娘背对着他，根本就没看他一眼，在原地也没有移动过，可无论迟简郎走多少步，和那个小姑娘之间的距离都没有任何改变。

他凝神、吸气、吐纳、抱元守一，知道马上就会有人主动和他说话了。果不其然，一个阴沉冰冷的女声在下一刻从他的背后传入了他的耳膜："走进我'星罗棋布孤寂无边'奇门遁甲大阵，我劝你还是老老实实地待着比较好。"

迟简郎有些没好气地说道："你家大小姐是不是也来了？她在哪？山上住那么多年怎么舍得下山了她？"

"何需小姐出手，只我一人便够了。"那个阴冷的女声冷冷地说道。

迟简郎慢慢回过头来，脸上一副难以置信的表情，眼睛里是完全懵掉的神色，开口说道："我说布边老祖宗，我迟家和你叶家相距不过二里地，我和你家琉璃大小姐从小一起翻墙头砸铜钱长大的，你从小被安排在琉璃身边做贴身女侍也没少挨我揍，学的那几下稀松平常的奇门遁甲还经常被我大哥嘲笑说是漏洞百出，我说你今天是吃了什么了变得如此丧心病狂？"

还没等布边反驳，那个背着身子卖梅花糕的小姑娘却先"噗嗤"一声笑了出来。

她一笑，连声音里都有了琉璃的颜色。

第十一章 万物颓而一 而一已不再

一个红色的身影如流光飞萤，转眼间便掠过了月华天街，身影挞扶摇直上，在空中两个起落，消失在山顶的云海之中，仿佛从来没有出现过一般。管理月华街的执事被惊动，探头看了一眼，吐了吐舌头，自言自语道："原来是这位回来了，惹不起惹不起。"

红衣身影径直往大象阁掠去，大门无人自开，门上横幅"大象无形"四个字在红衣身形经过的时候突然一阵扭曲，笔画崩碎，呈旋转的散花状在横幅内游移。一楼的卷宗无风自舞，堆叠的整整齐齐的竹简和书轴如穿花蝴蝶般在阁内交织跳跃。

红色身影尚未踏上大象阁二楼，居然神奇地就消失在一楼与二楼之间的楼梯之上。下一刻，不流所站的窗边位置突然木屑纷飞，阁楼上用坚实的楠木和铁架构筑的观云小窗就此化为乌有。

不流继续在小小的空间里踱步，每一步踱出，上一步的位置便支离破碎，不复存在。他的表情依然平静如水，像是在自家花园里观赏云海春色一般闲庭信步。每一步踩下都如沐春风，好似身后发生的灭世观感的袭击与自己毫不相干。

二楼很快就只剩下几根掾木和还没有垮塌的阁顶。红衣身影突然显现在二楼中央，双臂一字型展开，左手狂暴如火，右手冷漠如冰。二楼阁顶猛然掀起，掾木从中间折断，只听一声惊天巨响，阁顶拖着断裂的掾木，远远地往阁外云海之中抛飞出去。

不流不知何时已站在一楼的空闲之处，看着在空中宛若仙神的红衣人，淡淡地说道："你回来了，尤真。"

尤真收回双臂，漠然地看了一眼并没有传来阁顶碎裂回声的云海，如降临凡尘的落魄仙子一般缓缓地落在一楼的地面上，颓然中显着一丝骄傲，低沉里透着一股不屑，用既不火热也不冰冷的语调空漠无比地说道："尤真这个名字，是那两个疯子用的。与她二人共用此身，一直是我的耻辱，你要是再敢当我面提起那个名字，纵然在这个你视之如命、严禁动手的一楼，我也不会和你客气。"

不流莞尔笑道："言之有理，听而受教。那么董嵩淑大小姐此行归来，可有何收获吗？"

董嵩淑"哼"了一声，很随意地席地而坐，颓废如江湖浪客，可她无论如何消沉，总让人觉得风姿卓越，气质难描。

她漫不经心地说道："那两个疯子输给了隐杀者的帮手，从武功和岁数来看，应当是迟家老三迟简郎了，没想到迟家除了迟无颜那个妖孽，居然还有一个如此杰出的人才，这些百年世家委实不可小觑了。我沿路跟随燕泊月一行人的行踪痕迹，发现除了我们，地藏党和江南叶家也介入到此事当中来了。不过隐杀者却不见了踪影，目前只有迟简郎和她的女仆二人在保护燕泊月。此时我们如果直接下手，胜算应该很高。"

不流点了点头，说道："地藏党与江南叶家都不简单，此时出手未必便是最好的时机，如果引起争夺，还会发生额外的损伤，静观其变吧。"

董嵩淑不耐烦地说道："我对你这些事情一点兴趣没有，唯一能让我有些兴趣的便是可以随时攻击你，直到我可以击败你为止。另外，我师傅的事你可上点心，等这件事情完了你要兑现你之前的承诺。"

不流缓缓说道："尊师之事，岂敢怠慢。老子《道德经》有云：一生二，二生三，三生万物。尊师可以由此而生妙悟，倒行逆施，主修万物颓而三，三颓而二，二颓而一，一颓而无形无不形，实乃吾生平仅见之极诣。董小姐既然已继承了尊师之衣钵，且你的'万物颓而一而一不再'功法委实日渐精进，想来假以时日必能达到尊师当年的境界。击败区区在下，也只是迟早的事罢了。"

董嵩淑揉了揉眼睛，有气无力地应道："听你说话总是想睡觉，唉。你也不要过于谦虚了。你不流宗主武功之高，才是小董我生平之仅见，除了我师傅，我实在想不出来江湖中还有哪个人可以与你相提并论了。好了，我走了，你和躲在云里那个见不得人的家伙继续密谋你们的吧。"

她转身便跃出大门，头也不回地如一缕轻烟般地消失在了云海之下。

大象阁外的云海一阵翻腾，云气四散飘开，之前被抛飞入云海的阁顶从其中缓缓升起，虚天云的声音从云里不无笑意地传了出来："这个你还要吗？掾木的断口处平滑如镜，碎裂的墙垣细如粉末，这一手难度之高，恐怕连我都未必能做到。"

不流背负双手，望着远处雨后山头蒸腾起的水雾，悠悠地说道："能继承左丘飞鸿衣钵的关门弟子，必然是有两下子的。"

那个卖梅花糕的小姑娘这一笑，顿时让迟简郎看傻了眼。

"我说我的琉璃好二姐，你怎么越长越小了？是不是再过几年你就得喊我叔叔，求我抱着你上街给你买冰糖葫芦吃了？"

那小姑娘笑着转过身来，便是一张吹弹可破、泛着红晕的可人脸儿。她止不住笑，用手捂着嘴，指着迟简郎一时说不出话来。那后面的布边兀自阴沉着脸，手捏阵诀在无可奈何的迟简郎身后口中喃喃自语，那过分认真的表情和迟简郎呆若木鸡的脸同时映入叶琉璃的双目，更是让她笑的浑身发颤。

过了半晌，叶琉璃才平复下来，喘了口气，对着迟简郎说道："这几年一直在山里居住，空山静水，怎不养人。加上我的'琉璃指'又有突破，心情一好，人自然就显得年轻了些。"

迟简郎不由得往她的手上看去。修长柔软的手指纤纤一握，看似弱不经风，无缚鸡之力，可迟简郎却知道这一双曼妙的手下败过多少位指法宗师。手指在阳光下一转，好似有琉璃的光彩在指尖闪烁。迟简郎心中一凛，知道她所言非虚，"琉璃指"怕是又有了极为可怕的进益。

他急忙对叶琉璃说道："我说，你快让我身后那个痴呆二愣子把阵法解了吧，不然要我出手，我少不得又得揍她个满头疙瘩豆。"

布边在后面听见了，嘴里"噼里啪啦"不知道在说些什么，两只手不停地变幻着阵诀，突然喊出声来："恶贼休得猖狂，待本阵法宗师大阵一成，让尔顷刻间跪地求饶，欲仙欲死！"

迟简郎："……"

叶琉璃正色道："不急，待我先问你几个问题。家兄让我来应天府阻截你等，我身为叶家的人，不能不听家主之命。我问你，与你们同行的隐杀者为什么不见踪影？"

"在客栈遇到地藏党的人之后，他便与我们失散，没有再出现过，也不知道去了哪里，身在何处。不过以他的本事，也没有什么人可以拿他如何。"

"你是怎么会卷到这件事情里去的？"

迟简郎叹了口气，说道："本来是燕笑我将保护燕泊月一事托付给了隐杀者，而隐杀者曾在机缘巧合之下救过我一命，此次他来找我相助，我必然要鼎力助拳。"

"那么坐在车里那两人，"叶琉璃压低了声音说道，"可知道燕笑我其实是死在隐杀者手里的？"

迟简郎吓了一跳，说道："还有这事？这事连我都不知道，你可别胡说。"

"这可是大哥亲自查探出来的，我叶家追踪和查探的本事，在武林中说第二恐怕也没人敢说第一了。"

"可是他杀了燕笑我，为什么还要答应燕笑我守护他女儿呢？"

"个中原因，已不是外人可以知晓的了。简郎，"叶琉璃轻轻抚着自己的手指，如空山飞鸟，清泉冷咽般地说道："今日，琉璃对江山，怕是免不了要有一战的了。"

第十二章 昔人如梦 回首阑珊

烟雨迷离，如哀愁未减，小桥横跨水上，岸边怨歌如缕，江南的风雅大抵如此。

河上有乌蓬船一艘，船头站着两人，一人黑袍红面，一人白袍黄面。船头位置毫无吃水下沉之势，二人在船头直立却轻若无物。

近看方能发现，红面和黄面均为竹制面具，一个宽额大耳，一个五官扭曲，此二人出现于这郊外无人的秦淮河上，乘舟御风，飘然而行，委实诡异得紧。

黑袍人看着岸边的柳树迎风自舞，忽然朗声说道："转轮王。"

身旁白袍人稍一欠身，应道："属下在。"

"之前与迟简郎交手受的伤，痊愈了没有？"

"谢地藏王关心。属下本就受创不重，加之服用了地藏王赐予的疗伤药，前几日便已痊愈了。"

"辛苦你了。我本不想如此，不过事情发展的有些出乎我的意料。当日我没有留手，将燕笑我全身筋脉尽数打断，后来才发现燕笑我在与我交手之前便受了很严重的内伤。我心中有愧，才答应他，帮他做一件事。他也只是托付我平安护送他女儿去杭州，并没有告诉我还有令牌这一环。粗略估计，现在已经有三到四家势力盯上了燕泊月，包括江南叶家、八分天下堂、南宫家、以及那个可以差遣'昔梦神剑'和'赤焰冰煞'的神秘组织。局势如此混乱，我作为隐杀者的身份太过于明显，所以才需要你配合与我演这场戏，让隐杀者出局，而换以地藏党的身份进场。"

转轮王恭声说道："地藏王思虑缜密，属下十分钦佩。试问谁又能想到名震武林的隐杀者便是地藏党的创始者，一人分饰二角，而两个身份都名满天下，遍览当今武林，能做到的恐怕也只有您了。"

地藏王遥望远处岸边的亭台楼阁，沉吟许久，突然说道："你觉得迟简郎的武功如何？"

转轮王说："很好。"

"有多好？"

"属下虽然隐藏了实力，为他所伤，可他那一指一拳，确实已是属下生平仅见的盖世武技了。属下觉得纵然放手一搏，全力与其交手，也未必能从他手上占得半点便宜。"

地藏王点了点头，说道："此次我找他相助，一来确实需要帮手，二来也是想看看他究竟实力如何。杭州路远，时间和距离对一个人的考验是最真实不过的。"

"扑腾"一声，河里一条鱼钻出水面，翻了个身，又沉入水下，径直往岸边游去。船上二人被鱼吸引，见鱼一直在追逐着水面上逃亡的孑孓，目光不由得随着这一尾鱼游向岸边。鱼最终在岸边追上了孑孓，一个挺身，张口吞掉了食物，遂沉入水下，不再出现。

鱼潜入水底之上，是杨柳拂动的岸边。岸上柳树下站着一个人，一身青衣，腰边挂一柄长剑，剑鞘漆黑，剑长三尺七寸。他捏着细嫩的柳条，也未见他有什么纵越的动作，下一刻人已在河面之上，宽袍大袖，衣襟当风。

船上二人只见他跨空而来，人影一闪，耳边听见凌空踩水的"哗啦"一声，青衣剑客已落在船尾，孑然独立，卓尔不群。

他眼角有青山绿水之意，面对地藏王缓缓开口，逝者恰如斯夫："从济南一路跟你到此，也不枉我这慵懒之人此番辛苦。"

他浑身袍袖无风自鼓，有些意兴阑珊地说道："我是来还你那一刀之赐的，唉，快动手吧，再拖下去我怕自己都不想和你打了。"

地藏王伸手摘了面具，解下黑袍，果然便是隐杀者无异。他朗声笑道："昔梦兄真是好兴致。不过今日一战，非隐杀者与神剑昔梦，而是我地藏王南三不三了。"

昔梦说道："那如果击败了你，便是同时击败了隐杀者和地藏，唔…这生意划得来。”

南三不三站在船头，施了一礼，说："昔梦兄请。"

昔梦立于船尾，拱了拱手，说："不客气。"

转轮王飞身而起，脚尖点水，在空中一个旋身，人便站于岸上，远离观战。船上只剩下南三不三与昔梦二人。

昔梦拔剑。河水激荡而起，剑尚未出鞘，河水已成三丈水幕，环绕船身，空幻无比。

南三不三未动，船也未动。

剑从剑鞘内抽出，天色便暗了下来，黑色、闪着星光的剑身如一场幻梦，快到以看上去迟钝的速度从船尾掠向船头。船身中间的乌蓬顶遇剑便片片碎裂，嵌于水中，船身周遭的水幕在这一剑之下形而化剑，在这无人可以抵挡的如梦如诉的剑法里，超越了自身的质地和纹理，也超越了等闲武者的认知。

南三不三身边方圆三丈之内皆为利剑，而他依然未动，船身也未动。水剑灵动，后发而先至，眼看已经要刺击在他身上了，就连立于岸边观战的转轮王都捏了一把汗。

淡淡的刀光一闪，如梦里划过的留痕。水剑碎裂，溶于水幕之中，三丈高的水幕被尾光扫中，颓然瓦解，重新落入河中，激起无数四溅的水花。然而，昔梦手中那柄真实的、长夜群星邀人入梦般的、在一弹指间连续九个变化的、快到不可思议之慢的三尺七寸的长剑，此时才刚刚来到南三不三的眼前。

昔梦口中吐出了恰如其分的一句话，好像没有这句话这一剑就不完整似的，作为此剑之余势："昔人如梦，回首阑珊。"

他手中这把剑为当世第一铸剑名家长孙大娘的得意之作。剑名"庄周"，配合他的"梦里回首，意兴阑珊"之"阑珊梦回"剑法，正是巧夺天工、天下无二的组合。

这一剑，昔梦已毫无保留。这一剑，也是他生平最得意的一剑，在这秦淮河上，应天府尹，剑试南三，一剑入道。

这一剑，已是他的道。

　　南三不三动了。他不动的时候，正是安忍不动如大地；他动的时候，正是静虑深密如秘藏。没人可以预测他会如何而动，他动了也如不动，似动非动，动而制动。

　　刀光如与长天一色的秋水，如与落霞齐飞的孤鹜。南三不三手中的是一柄短刀，刃长不过一尺三寸。然而他一刀挥出，这柄短刀就仿佛成了长枪巨斧，成了光寒十里的刀瀑。

　　谁也无法做到像他这样用一把刀，他一挥刀，就好像挥舞着落日的光刃。

　　刀光斩入剑气之中，是浩瀚的世间烟火进入了长夜大梦。

　　刀与剑交击。一直未动的船身，终于动了。光与暗，日与夜，在刀与剑的碰撞处相互湮灭。余势未尽，扩散于方圆一里之内，船身"咔嚓"一声，应声而断，河水泛起滔天巨浪，水中鱼虾爆体而死，岸边的柳枝根根折断，"啪啪"声不绝于耳。河岸上狂风大作，岸边树干上裂缝纵横，树皮碎屑散落一地。

　　等转轮王回过神来，二人已不在船上，只留下尚未彻底沉没的船首，"咕噜咕噜"地向水下潜去。

　　叶琉璃话音刚落，布边就"哇哈哈"地在迟简郎身后大笑起来，一边喊道："狗贼受死，我大阵已成，还怕你不跪下喊我布边大帝，求我不要当众凌辱于你？"

　　布边自己开心笑得前仰后合，但还是没忘在前仰后合之中手诀一捏，迫不及待地大喊一声："临！"

　　她正准备看看阵中那从小到大一直欺负自己的迟简郎如何痛不欲生的时候，突然头上伸过来一只手，手上食指和大拇指相扣，"咚"地一声自己头上就吃了一记势大力沉的食指扣。

　　布边疼的"哎哟"一声叫了出来，抱着自己的头，看见迟简郎就站在自己身边，不禁惊得瞪大了眼睛，结结巴巴地说"你…你…你是怎么……，怎么从阵里出来的？"

　　迟简郎虎着脸，有些无奈地说道："结个阵还要结一盏茶的时间，这么久是头猪也能走出来了吧。我问你，你把死门放在惊门的乾位，把开门放在杜门的艮位，二门之间自动生成活门，哪条狗走不出来？"

布边看着自己的阵法，支支吾吾地说："怎么会，老师明明教的时候没问题的，怎么我布阵就是不对，啊！你……"她突然像发现了什么一样，指着迟简郎说道，"你说自己是狗！哈哈哈，你个呆瓜说自己是狗！"

"咚"地一声爆响，布边头上又挨了迟简郎一记重捶，抱着头躲到了叶琉璃身后，向叶琉璃哭诉自己头上起了两个大疙瘩，要叶琉璃替她做主打死那个狗贼。

迟简郎铁青着脸，忿忿地说道："你个痴呆二愣子缺心眼的玩意儿，还有资格说我是呆瓜，我也真是服气地根骨再造了。"

叶琉璃安慰了一会儿布边，让布边看着梅花糕的摊子。布边心中有气，两眼充血地盯着迟简郎，把梅花糕一个接一个地塞进嘴里，直至整个嘴鼓胀地如一个圆球而无法咀嚼。

迟简郎对叶琉璃说道："咱们移步到人少的地方去吧，这里交手太过于显眼了，也容易误伤了别人。"

叶琉璃微微一笑，点头同意。

布边没有听见他们后来说的话，她嘴里梅花糕太多，喝了不少水把梅花糕冲进肚子里。梅花糕是由糯米和豆沙制成，进腹遇水膨胀，布边整个人被撑得躺在地上，丝毫动弹不得。

第十三章 刀剑伤身 琴音攻心

一队车马在烈日下，便这么进入了济南府。

车队最前方是一辆形制奇古的马车，车身长度是普通马车的三倍，宽度也是通常马车的两倍，远远望去，就是一座移动的小型房屋。马车下部有六个车轮，车轮宽大，用上好的榆木打磨制成，轮外镶以黄金铆钉和黑玉轮毂，一眼看去便雍容无比。

马车以六匹上等的塞外骏马拉动，每两匹马就有一个马夫，坐在车厢外并排横列的车架上。三名马夫都精气内敛，赶马时举手投足间隐隐然有武学宗师之风，每一个动作都干净利落，丝毫没有拖泥带水的细节。

这辆华贵的马车之后，有一辆看上去完全不起眼的寻常马车。车身因为年代久了显得略为破旧，帘布也是用的最普通的粗布。只有一个车夫在车前赶马，看上去也是老态龙钟，眼皮半耷拉着，一副永远睡不醒的样子。

这一列车队行过官道上最热闹的一段路的时候，第一辆马车里突然传出来一声十分娇媚的女子的声音："停。"

车前的三个马夫急忙勒马，硕大无比的车身由于惯性往前滑动了好一段才最终完全停了下来。车厢里下来三个人，两个女子，一个中年男子。三人走到官道边的围墙下，齐齐地看着围墙上一个好似被剑气所破的深不见底的洞口。

"是他吗？"一个女子问另一个女子，声音娇媚无比，刚才喊"停"的便是她了。

另一个女子仔细端详了片刻，点头道："是他。"

那个中年男子背负双手，并没有看墙上的洞口，而是望着头顶上被一棵老槐树遮住的天幕下零零散散洒落下来的日光，似乎看得痴了。

后一辆马车就那么停在前面那辆马车之后，既没有人下来，也没有任何动静。那三个人在围墙边站了一会儿，又返回到马车之上，那辆硕大的马车重新启动，车队又沿着官道的方向继续在烈日下向前行进。

燕泊月听到车厢外迟简郎在和别人说话，便让乌兰撩开车帘，看看是不是出了什么事。乌兰看了一会儿，放下车帘，有些不安地说："小姐，迟公子和那个卖梅花糕的小姑娘好像是旧相识，那个卖梅花糕的小姑娘好像也不是卖梅花糕的，她身边那个女的好像和迟公子起了争执，被迟公子打了一头的爆豆就躲在那个卖梅花糕的姑娘背后开始吃梅花糕，吃撑了躺在地下起不来，而那个卖梅花糕的姑娘好像和迟公子要离开……"

燕泊月听的一头雾水，不过最后还是听明白了，迟简郎为了守护他们，引开了那个姑娘，而那个姑娘恐怕又是某个势力派来欲对她下手的存在。她正准备让乌兰下车去看看迟简郎是不是需要帮手或者制住那个敌友不明、躺在地上哼哼唧唧、痛苦不已的暴食女子的时候，蓦地"玎瑢"一声，琴音入耳，恍若无数温软绒毛直入肺腑，说不出的惬意舒服。

她猛然记起，儿时在塞外也听到过这样的琴声。

当时正值边塞的古尔邦节大庆，家家宰羊屠牛，取腰腹肉入清水与嫩姜同煮，肉熟之后用刀切成一手可握住之大小，又名"手把肉"，佐以粗盐食之，配大碗的马乳酒。

燕云教成员大多是边塞之人，古尔邦节已是他们之传统。每逢此节便载歌载舞，懂乐器之人便拉马头琴，与胡茄合奏，一派边塞风景。然而教内也有一部分中土人士，每到此时触景生情，难免神色黯淡。

燕笑我于那一年从中原请来琴箫乐团，在古尔邦节期间为教内中土人士演奏古琴与洞箫。琴音灵动飘渺，箫声荡气回肠，许多中原人饮多了乐团从中土带来的桂花酿，听着五感交集的琴箫合奏，又悲又喜，放声大哭。

燕泊月便是在那时听到过这样的琴声。后来数年，燕云教在中原大举扩张，很多原本来自于中原的教内成员主动请缨，回到关内地区征战去了。一将功成万骨枯，许多当年在塞外古尔邦节上饮桂花酿吃手把肉的中原人都战死在帮派纷争之中，留在塞外的也大多日渐消沉，逐渐同化。

此后燕笑我也没有再请中土的乐师门来边塞，燕泊月也不记得之后还有中土人在古尔邦节上闻琴音而痛哭的了。不过仅那一次，已经在燕泊月当时幼小的心灵中留下了不可磨灭的印象。

刀剑虽利，不过伤身尔；琴音虽柔，却是攻心利器。

车厢外，叶琉璃和迟简郎也听到了这一声琴音。

琴音如滚滚河水，连绵不绝，虽只一声响，却悠长舒缓，回止无期。

二人对视了一眼，从互相眼中都看出来，对方已经知道来的人是谁了。

果然琴音之后不久，便有爽朗的男子声音远远传来："琉璃姐，简郎兄，二位不用移步，便在此处交手即可。小弟刚才一声古曲柔音已经使得街上闲人全部入睡，不会妨碍二位切磋技艺的。"

叶琉璃看了一眼躺在地上的布边，果然也打着呼噜沉沉睡去。她面色一沉，开口说道："南宫立乐，给我滚出来！"

这一声远远地传了出去，切入那不绝于耳的琴音，两种声音仿佛有生命似地扑咬在一起，最终如破帛裂缶，消于无形。

那爽朗的声音又从远处传来："二位交手必定劲气纵横，战意极盛。小弟此次出门带的这一口祖传古琴"绕梁"确实珍贵，是我家老爷子的心头肉，要是被二位不小心粗手粗脚地给碰坏了，小弟回去是要被我家老爷子打屁股的。"

叶琉璃没好气地说："你要是不出来，我回去就跟你爹说，他那支古箫'洞幽'是你十岁的时候拿出家在我们几个面前显摆，被布边抢过去想试试它的硬度结果被搣成两段，你没办法就托工匠打了一支一模一样的放回去。好在你爹已经很久没用那支箫了，不然都不知道是怎么会死在自己儿子手上的。”

这时只见一个白白胖胖的、戴着高冠、穿着锦缎衣服的年轻人抱着一口古琴从不远处跑过来，气喘吁吁地站在叶琉璃和迟简郎面前，苦着一张脸说道：“我说琉璃姑奶奶，你可千万不能把我给卖了啊，我爹要是知道了还不得把我打成那口洞箫啊。”

他突然瞥见了躺在地上打着呼噜流着口水的布边，吓得抱着古琴“绕梁”瑟缩不已，嘴里自言自语道：“完了，完了，今天不该来的，遇到这个猪头，这把琴看来也保不住啊。”

第十四章 金陵空壮观 人老建康城

一艘乌篷船顺流而下，船上正是转轮王与地藏王南三不三。原先那艘船在和昔梦的比试中完全毁掉，沉入水底，二人于是又换了一艘，沿着外秦淮河往应天府内的方向驶去。

转轮王坐在船尾，缓缓地摇动着船橹。南三不三坐在船头，一场大战对他似乎完全没有造成影响，反而挑起了他的兴致。

他仰起头来，看着远处岸边垂柳后若隐若现的亭台楼阁，不禁朗声念道："晋家南渡日，此地旧长安。地即帝王宅，山为龙虎盘。金陵空壮观，天堑净波澜。醉客回桡去，吴歌且自欢。"

声音远远地传了出去，河面上涟漪泛泛，惊走了岸边柳树上一行栖鸟。

转轮王摘下面具，在桨声诗影中露出了自己的容颜。一时间两岸的风光好似都失去了颜色，船下的流水也停止了波动。

她搁下手中的船橹，好像是为了应和南三突发的诗兴一样，张口轻声低吟道："庭院深深深几许？云窗雾阁常扃。柳梢梅萼渐分明。春归秣陵树，人老建康城。感月吟风多少事，如今老去无成。谁怜憔悴更凋零。试灯无意思，踏雪没心情。"

南三不三回过头来，抚掌笑道："司哀此首李清照'临江仙'之凄苦，与我方才李太白的豪迈实在是一悲一亢，相得益彰。"他见转轮王卸了面具，便不再称呼她"转轮王"，而是以她本名唤之。

地藏党成立的初衷，便是集结两湖一带死过一次或者"死而复生"的武林人士，以地府鬼怪自称，行阳间世人不能行之事。南三在创建之初，便和元老们说过，戴上面具，你们就是孤魂野鬼，在世阎罗；摘了面具，你们便是与我一样，死过一次却最终不愿离开这大好人间的兄弟姐妹。

　　他自称"地藏"，一部分原因是因为自己是"万鬼之王，阎罗之主"，另一个原因，却是因为"地藏"毕竟是佛门大能，虽掌管无边地狱，却总是有一颗修行的初心。

　　转轮王邓司哀原本是一对武林名宿的爱女。其父母被仇家所杀，她自己本也难逃一死，却在无意间被路过的南三所救。经过南三的悉心救治，本以为伤重无救的她竟然痊愈了。然而她仇家平时位高权重，道貌岸然，她觉得自己报仇无望。岂料南三不三在一个野火燎原的夜晚，带着手下四大阎罗潜入她仇家的府邸，清理了所有的护卫和贴身近侍，这其中还包括曾名动一时的"万妖之祖"章玉。

　　章玉师从西域门派"伏妖洞"，此派以各种图腾壁画为武学根基，精修大戈壁大沙门数百年来的洞藏妖画，以万妖各种形态为起点，自成一套内功心法与格斗武技，名震西域。

　　章玉天资奇高，在伏妖洞女弟子中堪称翘楚。她在十年间便通晓了近万幅洞藏壁画，并加以归纳总结，去芜存真，最终自成一派，成立妖夜荒宗，自诩"万妖之祖"，就连伏妖洞都拿她一点办法没有。

　　这样的人物也成为了邓司哀仇人身边的第一高手，可见此人身份地位之卓越。

　　然而章玉的不幸，便是她遇到了南三不三。

　　她的"万妖朝宗七十二式"在西域从无敌手，在中原也是所向披靡，然而却被南三不三一刀破去。

　　一刀如白日留痕。

　　她死之前拽住南三的衣袍，久久不愿离去。南三不三正色说与她听，并不是"万妖朝宗"不利，而是七十二式不够凝炼专精，如果是二十四式、或者是十二式、六式，甚至是一式，那么他便未必是她的对手。

　　章玉听完这席话后便松开双手，溘然长逝。在她死后，府里的守卫更是兵败如山倒，十殿秦广王趁乱便取下了邓司哀仇家的首级。自此邓司哀便加入了地藏党，成为了十殿转轮王。

转轮这称号，一来是为了意喻为自己死去的爹娘转轮积福，日后有好的阳缘；二来是因为自己家传的武学"浮世轮回"要以一对似转轮似飞斧的兵器施展，所以才定名为十殿转轮王。

邓司哀念完那首"临江仙"，神思仿佛又回到了她刚刚加入地藏党的时候。船下鱼儿破水，将她从追忆中唤回，她这才发现，南三不三正笑吟吟地盯着她看。

她脸上一红，赶紧将面具重新戴起，对南三说道："属下一时失态，还望地藏宽恕则个。"

南三笑道："无妨。转轮王真情流露，何来责怪之有。"

邓司哀继续摇起了船橹。

"地藏与昔梦之一战，属下觉得有些微妙。"

"不妨直言。"

"昔梦口中说是还那一刀之仇，可是我看他剑招中却毫无戾气。反而是以剑求道，以地藏您来促使自己突破剑法上的瓶颈，用自己的剑印证了他自己的道。"

南三不三微微点头，眼中尽是激赏之意。

"转轮王可以看出这一点，说明你的'浮世轮回'又有精进了。"他顿了一顿，继续说道，"不错，昔梦那一剑已经彻底摆脱了过去的自己，突破桎梏，达到了以剑入道的境界。我之于他，不过是其悟道之前最后一记'当头棒喝'罢了。"

他看了眼四下无人的两岸，缓缓说道："昔梦离去之前，提醒我要注意燕泊月那个小女娃。他说上次中我一刀，便是被她一句词所影响，神智失守。昔梦用了'深不可测'四字来评价她。"

南三长长地吐纳了一个呼吸，有些凝重地说道："如果真是如此，那么整件事情便很可能如我和迟简郎之前想的那样复杂了。"

第十五章 琴音 灵指 直拳

迟简郎看着吓得缩成一团的南宫立乐，有些不耐烦地说道："你们南宫家怎么也来趟这浑水，在你们那个世外桃源一般的'声声慢'里每日抚琴吹箫的日子过腻味了吗？"

南宫立乐心有余悸地看着躺在地上睡得昏天黑地的布边，确认她一时半会儿不会醒来，这才苦着脸转过头来，对迟简郎说："简郎兄真乃知音也！小弟确实每日在'声声慢'抚琴吹箫，与乐为伴，不知有多快活。谁知道我们家老头子发的什么疯，非要我来探一探虚实，还警告我如果让他知道我此行而来无所作为，罚我三天不准吃饭。"南宫立乐那张圆咕溜秋肉乎乎的脸上一副可怜相，望着迟简郎，继续说道，"简郎兄你知道的，小弟从小爱吃贪睡，别说三天不吃饭了，一顿不让我吃我都宁愿去死啊，更何况'声声慢'里的三餐做的那么精致可口，简直让人欲罢不能，唉…"

说着说着，他居然开始吞咽起口水，一副垂涎欲滴的样子。

叶琉璃和迟简郎见他如此，不禁都哑然失笑。要知道南宫家虽然是乐器世家，在江南三大世家中忝居末位，可古来以乐器杀人的武林高手也比比皆是。据说最早可上溯到春秋时期的方子春和俞伯牙。

俞伯牙少年得志，年纪轻轻便成为了楚国知名琴师。然而他每日抚琴，虽洋洋洒洒，却总觉得意不能尽。其师见其苦恼，便修书一封，将他推荐给远在东海孤岛之上的古琴宗师方子春。

伯牙不远千里去到东海，找到方子春所住的孤岛求教。方子春不教其琴技，却只令其每日观长空沧海，茂林飞鸟，感悟天地大道，芸芸苍生之途。如是者三年。

三年后，伯牙每日清晨坐于海边，琴枕于膝头，凭海临风，手挥五弦。海潮随日渐长，却不能沾身；海风携沙拂面，却不得近前。

方子春见他如此，便遣他回去，说再也没什么可以教他了。伯牙回国后声名鹊起，因其琴艺高超，往往令听者感觉听风时便有风，听雨时便有雨，听金戈杀伐时便有万箭穿心之故。

不过其时以音律入武道尚无人知晓，多的是拳脚刀剑，内劲外功。故俞伯牙虽以琴技知名多年，却无人知道他是音武道之宗师。

一日伯牙乘船沿江而行，途遇大雨，停船山边避雨。俞伯牙盘坐船头，低首抚琴。琴音所至，大雨绕行。弹到中段时劲气外放，船身之上雨水倒泻，蔚为壮观。此时山边出现一名樵夫，听琴许久，高声而歌。

伯牙指弦巨震，知道遇到了同道中人。二人在高山、暴雨、流水之间琴啸和鸣，一曲演毕，暴雨初停。二人从此成为至交好友，便是流传于后世的"高山流水，伯牙子期"的典故了。

后钟子期与世长辞，俞伯牙知道后深夜抚琴，以祭亡魂。弹至曲终，伯牙指尖连动，琴弦应指而断，从此不再弹琴。俞伯牙将所有技艺录于书简，自己最后也郁郁而终。

后俞家家门败落，屡逢大难，无奈之下迁离荆楚，定居江南，转姓南宫，以避一时之锋芒。后来音武道渐渐为人所知，音律武技也逐渐发展改良，然而南宫家一直被此道中人视为马首，奉为音武正宗，千古第一琴。

这便是江南南宫家缘起的由来了。

叶琉璃说道："既然我们三家都有人来了，大家也不能什么都不做就回去了，世家人自有世家人的责任，尸位素餐总是不对。"南宫立乐听了不住地点头，她白了他一眼，继续说道，"而我们三个又是从小一起玩到大的，让我们生死相拼不太可能，说几句话就走也不合情理，我看不如这样，大家彼此知根知底，从小打打闹闹、互相切磋也不少，这么多年没见，个人修为应该都有长进。不妨我们三人互为对手，一招定胜负。同时出招，每一个人都同时有其他两个对手，点到即止，不死缠烂打，不性命相搏，二位觉得我这个提议如何？"

迟简郎点了点头，表示认可。南宫立乐笑逐颜开，咧开圆脸上的大嘴，连声说道："不愧是琉璃姐姐，想得出这么好的办法。小弟一直左右为难，不知道该如何处理，心想万一我一不小心打伤了二位，这么多年的青梅竹马之情可不就糟蹋了嘛。"

叶琉璃对着他"呸"了一声，说道："凭你还能打伤我们，布边一个人都能打你三个。"

迟简郎一脸的杀气："谁和你青梅竹马……"

南宫立乐"嘻嘻"一笑，突然一个倒翻，抱着琴远远地坐在一颗槐树之下，对着二人说道："简郎兄，琉璃姐，二位可注意了，小弟前日已踏入'大音希声'之境，习得《伯牙琴录》最后一式'伯牙绝弦'，此式冠绝古今，二位还需小心了。"

叶琉璃和迟简郎各自跃开数步，都是心中一懔。

音武道的初级阶段便是描摹声音，以音化劲，再以乐器之声攻击对手，这一阶段与寻常拳脚功夫没有太大区别，甚至还有所不如。可是音武讲究天人合一，感悟天地之声，是所有武道中最早要求修习者与天地万物沟通的武道，一旦醍醐灌顶，音天乐地，便会进入音武道的三大境界。

第一重境为"声动梁尘"。入此境后器乐之音雄浑无比，劲气逼人，一般的江湖好手便已不是敌手。

第二重境为"余音绕梁"。入此境后器乐之音可刚可柔，可攻可守，随心所欲，信手拈来，已是武学宗师之境了。

这最后一重境便是南宫立乐所说的"大音希声"之境。入此境者已不局限于器乐之音，万事万物之音皆可化为己用，音由外放改为内收，音即是我，我即是音，这已是绝世武者之姿了。

南宫立乐虽然看上去插科打诨、略显无赖，可其实在南宫家是首屈一指的天才。

十六岁时便精通了世间绝大部分乐器，十八岁时便用一支毫不起眼的箜篌，击败了当时名噪一时的几个后起之秀。

南宫立乐双手置于琴弦之上，"铮铮"数指，琴弦微动，却丝毫没有琴声传出。身后那颗老槐树蓦地摇晃起来，枝叶"哗哗"作响。树顶休憩的十数只麻雀受惊而飞，飞不离树外十寸就被一股无形巨力所阻，羽翼纷飞，粉身碎骨。

叶琉璃只觉得一股看不见、摸不着、不能闻的诡异巨力如铺天盖地的潮水一般围拢过来，居然没有闪躲腾挪的空间，不禁心中暗暗称奇。

她伸出右手，手指在阳光下通透如琉璃，天光回转，琉璃生光，她目睹数年山间花、鸟、鱼、虫，便以花、鸟、鱼、虫为题，融入指法，一指一题，四指连弹，流光回转下指意纵横，她用四指弹出了一个自给自足、自生自灭的灵指空山！

指意与无声之音甫一相遇，便纠缠厮打起来，无声之潮与琉璃指山相宿相杀，相生相克。到底是回首惊涛汹涌，还是焦岩立于万仞之巅？

在指劲与音力的缝隙间，忽然有一拳飞起。这一拳毫无花俏，只是那么直直的一拳，与最普通的少林长拳相比，恐怕都还要直了些。

然而这一拳击出，便好像江山如画的滚滚尘世，对着灵意十足的指山和超脱音形的乐海，作出了宣战！

迟简郎终于出手了，一出手便是最得意的拳倾天下。

三种不同意境、不同类型、不同方式的武学碰撞在一起，又会产生怎样的结局。

南宫立乐双手从琴弦上被震起，二十一根琴弦"嘣嘣嘣"不绝于耳，尽数折断！

叶琉璃倒飞三丈，落地不稳，又一个旋身，退了六七步才稳住身形。灵指空山轰然崩塌，花鸟鱼虫四题土崩瓦解，消散在天光下，只留下点点琉璃的碎影。

迟简郎在空中两个后翻，落在地上，双足深陷于地面之下，看起来也是吃力极重。

三人这一击，看上去平分秋色，谁也没占到便宜。

南宫立乐哭丧着脸，手里捧着断掉的琴弦，满满哭腔地说道："完了完了，不但没赢，还把这些个千年古弦给崩断了，唉，估计要三天没饭吃了，不玩了不玩了，告辞告辞。”说完他居然抱着古琴转身就走。

叶琉璃深深地看着神色淡淡的迟简郎，久久才开口说道：“你留了力。”

第十六章 那时如我 谁曾言老

杭州府以西，有一处世人皆知的世外桃源。山色如黯淡烟火，水纹如留白墨迹。百姓安居乐业，鲜少有事端起伏。倒是多有游方僧人和吟游画师流连于此，每日以山水果腹，以云土为屋，为此地平添了不少诗词与画作。

这便是与宋时临安府同名的古县临安了。

在临安县天目山脚下，有一处古村，其名"於潜"，背山面湖，是真正的鱼米之乡。村民们借山势地貌开垦梯田，种植水稻和小麦，闲暇之余便捕捞湖中水产，一来可以自己食用，二来可以拿去县城集市贩卖，故家家户户丰衣足食，生活安逸。

所以村里有富余的银钱在祠堂的旁边又盖了一所私塾，请了一个县里的老秀才来村里做私塾先生，每月一两二钱银子，管吃包住。

村里大多数生儿子的家里都把孩子送去私塾念书，每家每月交一点学费，用来缴付老秀才的月俸。

老秀才名叫谢艮斋，他的学问在杭州府当算不得什么，只是在这於潜村里应当是唯一读过书并考过秀才的人，因此心高气傲，基本见了谁都是一副不屑一顾的样子。

村里人大多尊重长者，且觉得老秀才有学问，所以对他的高傲也不觉得如何难以忍受。唯一让老秀才谢艮斋窝火的，便是在他私塾隔壁的铁匠铺了。

这铁匠铺的主人也是一个岁数不小的老人，身边只有一个女儿，按道理说就这个几十个人的村子，理应不会有那么多铁匠活要干，无非也就是隔三岔五的会有人拿断了齿的犁头来补一补或者久用之后已经不锋利的斧头来磨一磨而已。

谢艮斋初来担任私塾先生之时，见旁边便是铁匠铺，还曾经询问村长，会不会影响学生们听课。村长拍着胸脯告诉他村里铁匠活很少，白天上课时间铁匠铺一定安静的像私塾另一边的祠堂一样。

可是让谢艮斋没想到的是，这铁匠铺从一大早开始，便极有规律地会有"叮"、"叮"、"叮"的声音出现，一直持续到中午。本以为下午便会消失的声音，结果也就暂停一顿饭的时间，"叮"、"叮"、"叮"的声音又会继续在隔壁铁匠铺里响起。

初始，谢艮斋还以为铁匠铺这几天正巧赶上有活，过几天干完了也就太平了。谁知道一个月过去了，每天那极富规律的敲打声总是按时出现，有时候甚至持续到深夜，让睡在私塾里屋的谢艮斋翻来覆去难以入睡。

他终于忍不下去了，在某天晚上冲进铁匠铺，准备用颐指气使的态度把没读过书的穷铁匠骂的狗血喷头、投锤认输。

铁匠铺里很干净，完全没有村民们送来的锄头或者斧子，这让谢艮斋吃了一惊，也勃然大怒，心想没活干你们还穷敲个什么玩意。

他一抬眼，首先印入眼帘的便是一个站在火炉旁，左手拿着一根扁铁片，右手用一把他从未见过的、巨大到难以想象的铁锤敲打着左手那块扁铁的身材高大的女人。

谢艮斋的身材属于中人水平，等闲女子在他面前还是比较娇小的。可是他站在这个女人身前，却感觉到娇小的那个正是自己。

这女的连看都没看他一眼，自顾自一下下地抡圆了巨锤，砸在那块扁铁之上。那块铁是被烧红的铁片，她居然没有用任何布料包裹或铁钳夹住，而是直接用左手握住铁片，脸上没有一丝表情。

谢艮斋的额头上不禁冒出了冷汗，这个不好惹，嗯，老秀才不吃眼前亏，赶紧走的好。他刚想转身走出铁匠铺的瞬间，耳边听到一个沉稳如君王的声音在屋子里东边的角落里响起。

"既然先生来了，就先别走了吧。"

谢艮斋转过头来，这才看见屋子东边，有一个摆放了五柄剑的剑架。剑架宽大，自下而上竖直陈列了五柄长剑。这五把长剑旁边，坐着一个须发皆白的老者。

这老人也许是太安静了，也许是和这五把剑太搭配了，以至于谢艮斋刚进来的时候居然完全没有看见他。

老人对着谢艮斋笑了笑，右手指了指屋子当中的一张木凳，说道："谢先生请坐。"

谢艮斋惴惴不安地坐下去，这才看清这老人的样子。他给人的第一印象是有一副宽大无比的骨骼，以至于坐着的时候，都仿佛随时都会朝着对面的人冲过去的气势。他的面孔上皱纹不多，却有五条深入肌理的伤痕，有两条更是从眼角到下颚，看上去凶悍狠厉，然而他的表情和语调却让人如沐春风，甚至忽略了他脸上伤痕的存在。

打铁匠好像并没有发现谢艮斋的不自在，依然兴致满满地说道："谢先生来村里，应该已经有一个月了吧。"

"是。"

"如果我没有记错的话，谢先生来的这一个月里，有两批人深夜里来找过先生，大约一共是七个人，第一批三个，第二批四个，武功都不弱，行事也老辣，应该是大帮派里的精锐了。不过他们都没有能够活着走出村子，谢先生赤手空拳料理了他们几个，并把他们葬于村子的后山上。不知我有没有记错，还请谢先生指教。"

谢艮斋眼中精光一闪，脸上竟然完全不再是那一副老迈书生的酸傲表情，他此时冷静的像一头与猎物对峙的狮虎，缓缓地说道："丝毫未错，还请继续说下去。"

"我有幸在谢先生与这七个人交手的时候默然旁观，有些心得，想与先生分享一下。先生击杀了这七人，一共只用了七招，无人是先生手下一合之敌，吾虽只是旁观，亦觉得先生委实是吾生平见过的为数不多的绝顶高手。虽然是空手对敌，但先生每一式都剑意破空，特别是先生在出第五招时的那一指封喉，剑气破体而出，实是惊艳之作。吾根据这些亲眼目睹之实，再联想起一些江湖典故，觉得好像已经知道谢先生到底是何方神圣了。"

谢艮斋一动不动地看着他，连眼睛都没有眨一下，突然开口说道："我二十年前以一把'西岐'剑名震武林的时候，天下第一铸剑大师长孙大娘在剑客们的心目中也是如日中天。我那时也曾通过拜帖向长孙大娘求剑。与我同时求剑的，还有飞鸿会白门门主——白日依山尽，和'我剑尤怜'卢曾嬷了。当时我窃以为以剑术而论，白日依山尽虽惊才绝艳，毕竟火候尚浅；卢曾嬷虽与我齐名，毕竟是一介女流，我求剑成功的可能性应当是最大的。谁料长孙大娘视我和卢曾嬷于无物，只为当时红极一时的白日依山尽精心打造了一把形式奇古的神来一剑——古剑'朝歌'。只因此事，我一直忿忿不平，故而一直未能得见长孙大娘之真容，未想到今日却机缘巧合，一圆旧时之梦了。"

老铁匠摇了摇头，说道："世人只知古有铸剑名家徐夫人，并不知今有铸剑铁匠长孙大娘，谢先生太抬举了。当时与飞鸿会私交甚好，与贵帮却没什么交情，对卢曾嬷更是知之甚少，所以只为白日依山尽铸剑，忽略了先生这样的剑术宗师，实在是汗颜。"

他刚想继续说下去，一直捶打着铁片的女子突然停了下来，谢艮斋蓦地站起身，老铁匠对着女子喊道："铁钉，快往后退！"

只听轰地一声巨响，尘土弥漫，铁匠铺的门被撞得四分五裂，一辆硕大无比的马车撞了进来，砖块随之四处抛飞。铁钉后退时以手中巨锤砸开飞旋而来的砖块，站在老铁匠身边，依然什么表情都没有。

待烟尘稍稍落定，马车车厢里才走出来三个人，一个绿衣女子，一个黄衣女子，一个灰布衣服的男子。声音最好听的那个绿衣女子笑着说道："请问你们哪一位是长孙增荣？"

老铁匠坐在那五把剑之旁，连一根手指头都没有动，淡淡地说道："知道我姓名的人并不多，知道的都死得差不多了。"

绿衣女子吃惊地看着他，转过头来对身边的黄衣女子说"他这话是在威胁我吗？我是不是也快要死了？"

黄衣女子说："他老糊涂了，站都站不起来，还能让别人死吗？"

绿衣女子转过头又看着老铁匠，点了点头，说："嗯，老伯，我觉得她说得对。"

那个灰布衣服的男人，却一直没有关注场内的情形，而是盯着被撞击之后的断垣残壁，好像并不知道眼前正在发生什么似的。

正在此时，大马车后面，有一个威严的声音清清楚楚地传了进来："长孙增荣，知道你名字的人是我爹，我爹叫燕笑我，他确实死了。还有一个人知道你的名字，她叫艾朴偌，是我爹从你手上抢走的女人。这女人生了一个女儿，她不姓长孙，她姓燕。"

第十七章 红尘如山 禅堂似水

他醒来的时候，正好听见对面华严殿里传来的早课的声音。时正八月，寺里的桂花开了，他睡觉时又不习惯关窗，于是被桂花香气熏染的苏醒，混合着《楞伽经》的梵唱，便成了他每日醒来的第一个印象。

对于嗅觉的记忆，是他永远不能释怀的过往。他记得在那一年，他剑法初成，第一次有了自己的佩剑，也第一次有了心爱的女子。他为她出剑伤人，为她扫除了所有对她不利的势力，也是在这样的一个八月。

她拉着她的手坐在他家院中的桂花树下，那时候的桂花香气，也和今天一样浓烈。他已经不记得他对她说过些什么，只记得她穿着白色的镶花的长衣，在树下对他说了很多，包括她的身世、苦衷、秘密。他们在树下坐了很久，久到这味道一直到今天，都远远不能忘。

直到他父亲长剑出鞘，杀死了这个如桂花一般淡漠而馥郁的女子，告诉他，她是仇家派来接近他、软化他、牵制他的奸细的时候，他才幡然醒悟，原来这桂花的香气，是如此之虚幻不真。

他摇摇头，从记忆中回过神来，看到值日的僧人已经为他准备好了清晨沐浴的热水。热水在一个宽大的风吕之中，摆放在精舍里窗边靠墙的位置。

他褪去衣物，坐进风吕之中，感受着热水包裹住身体，驱动着身体里的血液快速流动，清除体内一夜过去的杂质和倦怠，此时如果再有一杯浸着桂花的温热的米酒，便是完美无瑕的一个清晨了。

风吕是东瀛知剑流的剑客坂本夏一在多年前赠与他的礼物。当时坂本夏一在东瀛一敌难求，适逢飞鸿会朱门年轻一代的朱雀远走东瀛，与坂本夏一有过一战。之后朱雀引荐坂本来中原遍访剑师，在杭州府，坂本夏一曾与他有过一剑之交。

他当时潜心练武，甚少儿女私情。一代剑术世家的天才逐渐名震武林，直至他超越了其父，练成了世家已有几代无人练成的至高剑术"玄瞳镜剑"，震惊世人，就连铸剑大师长孙大娘，在与他见面之后也惊为天人，主动为他铸造了对剑术领域影响极大的一把剑——玄剑"法眼"。

坂本夏一数招间便败下阵来，对他心服口服，意欲拜他为师，却被他拒绝。后又数次来中原拜访，带了很多东瀛的物件赠与他，这风吕便是其中他最心爱之物。

吕身由杨木制成，打磨光滑平整，摸上去有木头特殊的质感与厚重。风吕将水包裹，水温不易消散，水体再将人体包裹，他便有余裕，观赏窗外池塘里的锦鲤。

二十年前，在他剑法与身体达到巅峰的时期，正是燕云教大举扩张的时期。当时燕胡桑已入迟暮，燕笑我风云崛起。父子二人最后一次同时出现，便是来到他家中，名为做客，实为考量，看看这江南第一剑术世家是否还有当年的余威。其时燕云教正在杭州府拓展势力，一旦他示了弱，整个宗家便可能会有灭顶之灾。

燕胡桑坐在他家大宅的正厅之中，喝着雨前龙井，说多年前与其父交好，曾有幸尝过其父亲手烹制的石梅煎鱼，毕生难忘，不知他还能不能做的出来。

他知道这石梅煎鱼表面是菜肴，实际上是他家族剑术与观察力结合的巅峰演武之作。活鱼现杀却不破坏鱼的肌肉纹理；鱼肚内脏皆除却不见鱼身有刀口；石板被火烧热之后将鱼身置于其上煎烤，鱼肉不能有半分过老，也不能有丝毫未熟，这其中拿捏之精细非剑术宗师之眼而不可得。最为画龙点睛之笔，便是其父当时在鱼煎好的瞬间拔剑斩下院中的梅花，盖于鱼身之上，使鱼肉还未散发出来的带着石板味道的鲜香与梅花之色弹指间水乳交融，使燕胡桑闻到的便是绝无仅有的花香鱼味。

他听完燕胡桑之言后只沉吟了片刻，便吩咐下人取来湖鱼，以肉掌击鱼身，不但将鱼杀死，还连同腹内所有脏器全部自鱼嘴中震处，连带鱼鳞一同除去。手法之精妙，与其父如出一辙。只是他却不用烧热的石片煎炸鱼身，而是以掌作剑，身形展运，在别人还未看得清的时候已从院中回来，斩下了院里三十二片桂花。

　　其时也是八月，院子里的桂花开得正好。他以掌煎鱼，稍微几个翻转，便将整鱼置于盘中，鱼身与盘中点缀上桂花，端至燕胡桑身前，递上一副象牙玉筷，请燕胡桑品尝。燕胡桑赞不绝口，当场令燕笑我与他结拜，终生不得为敌。此事后来从燕笑我口中传出，被引为美谈，也成就了江湖中一段名为"双燕观鱼"的典故。

　　风吕中的水渐渐冷了，他看见池塘边的禅柱上有被昨夜小雨打湿的痕迹，真正觉得自己老了，就因为一阵桂花香气，居然想起了这么多往事。他低低地叹了口气，从风吕中走出来，用悬挂在桶边的白绒布轻轻地擦拭自己的身体。

　　身体被柔软舒适的布巾摩擦，这样的触感令他恍如隔世。是什么时候来着，她还经常在他沐浴后为他擦拭身体。他那时刚刚获赠玄剑"法眼"，燕笑我与他一同前仕"雪隐炉"拜访长孙大娘。他接过长孙大娘手中递过来的"法眼"的时候，并没有注意到燕笑我的眼睛一直在长孙身边的那个巧笑兮盼的女人身上片刻都没有移转。

　　他擦干净身体，穿上值日僧叠好放在精舍木柜里的一件蓝色布袍，推开房门，走过回廊，路过药师殿、法堂、罗汉堂、大悲楼，转一个弯，面前便是寺里群僧做早课的华严殿了。

　　他一生行走江湖，最喜欢的去处，便是各地的名寺古刹。然而闯荡半生，归来仍觉得灵隐寺之妙非他寺可以比拟。

　　灵隐有山势，却不显形。沿山路植被繁茂，每有小雨，葱郁吸附水气，雨停之后，雾气升腾，宛如仙境。灵隐寺隐于枝叶之中，吸天地灵气。寺内飞来峰七十二洞宝相庄严，其中尤以弥陀、观音、大势至最为久远，亦是摩崖石刻之精华所在。

　　他观摩崖石刻十余年，始终觉得此必为某禅宗绝代高人之武学心得，化为雕塑刻于壁中，佛像的一颦一笑、举手投足均隐隐暗合天道，以他玄瞳镜剑的造诣，却也难以总结出规律，委实空前绝后。

　　名山大川也不乏古寺庙宇，不过要么过于巍峨雄壮，要么过于不重形骸，寺庙的气质与神韵难以缥缈灵动。而灵隐禅寺作为禅宗不可或缺的一处修行地，令他觉得与尘世相比，禅堂更如水波不兴。

后灵隐寺屡遭大难，都是靠他化解，他的法眼剑几次出鞘，都是在灵隐寺外如镜像万法，格杀了几个名动江湖的人物，才保全了灵隐寺至如今。住持七茉比丘尼与他在佛法上有缘，曾经在一个大雪夜挑灯为他讲经，使他禅剑通明，法眼出鞘在寺中迎雪舞剑，无一片雪花可以落地。

他也由此顿悟"正法眼藏"，将禅宗武道溶于剑技，使得"玄瞳镜剑"被提升到了一个从所未有的境界——"世间万法，一切如明镜在心"。

灵隐寺为他单独修造了一排精舍，缘因他父过世后，宗家里兄弟间争夺家主之位，甚至拔剑相向。他天性单纯孤傲，喜出世多于混世，再加上禅心已起，便退出家主争夺，隐居于灵隐禅寺，带发修行，转为居士，这一住，便是十年。

作为比丘与比丘尼同寺修行的禅院，灵隐寺更为通融，他久居于此，一切生活起居仍然维持着自己在家中的习惯。寺外茶园边有一处小食肆，他酒瘾犯了之后便会去那里饮一壶"仙居醉"，黄昏时分的寺外灵风如扇，吹得食肆廊下的油灯明灭不定，如淡泊人生里的一星弱火。

他刚想迈步往华严殿里走去，和七茉住持打个招呼，说今天的早饭不在寺里吃了，突然觉得身后剑意如潮，席卷而来，不过这潮势却并不骇人，反而轻轻环绕于一旁，安静如老僧入定。

他转过身，看见一个背后背着一把长剑的女子站在廊道里，晨光照在她脸上，她却没有因为刺眼而眨动半分。

"可有打探到什么吗？"

"江湖中已经传遍，燕泊月此行杭州灵隐，为的便是解开手中燕笑我给她的令牌的秘密。据传令牌中蕴藏着燕胡桑的绝世武学和藏宝遗址，而可以解开令牌秘密的人，便是您蓝大先生了。

　　蓝大先生沉吟了一会儿，对背剑女子说："去歇息一下吧，观澜。如果不出我所料，很快便会有人来找我们了。"

第十八章 最后一把剑

长孙增荣眼角跳了一下，沉声问道："你是燕笑我的儿子？"

马车车厢之后，那个威严的声音说道："我不仅是燕笑我的儿子，还是整个燕云教的教主。你女人生的那个女儿，不但偷走了事关我燕云教气数的令牌，还玷污了我们燕家的名声。我此行南下，便是为了替家门除害，也是为了燕云教的未来。"

长孙增荣沉默了一会儿，突然笑了起来，说道："原来你此次来临安，便是准备以我为筹码，将我掳走，好在关键时刻威胁于她。燕笑我一代豪杰，他的儿子居然这么卑鄙无耻，他死也死不瞑目了。"

穿绿衣的女子有些不耐烦了，瞪着眼睛对长孙增荣说道："你这个老家伙怎么这么啰嗦，知道我们是谁了还不赶紧束手就擒，等着我拽着你那张老脸往你那破炉子上撞吗？"

长孙增荣看都没看她一眼，转过头来看着谢艮斋，说道："谢先生，实在没有想到将你也牵扯进来，长孙在此向您请罪了。"

谢艮斋微微一笑，说道："何需如此客气。你我本属同林之鸟，而今有难自当同仇敌忾。"

绿衣女子又吃惊地看着谢艮斋，不可置信地说道："一个臭铁匠，一个老秀才，居然口口声声说要与我们为敌，这都是怎么了？我们也就十几年没来中原啊，中原现在太复杂了！"

铁钉握住巨锤的手突然举了起来，她距离绿衣女子大概有六七步那么远，铁锤砸下去的时候她的人不知何时就已经站在绿衣女子的身边。只听"轰"的一声巨响，绿衣女子站立的地方陷下去一个大坑，而她人却轻飘飘地转到了铁钉的身后。

铁钉一锤下去毫无保留，背后空门大开，绿衣女子此时只要随随便便出手，便可以重伤她。可奇怪的是绿衣女子却并没有出手，只因她觉得自己也如芒刺在背，一股无坚不摧的剑意正在她背后寻找出手的时机。

她考虑了一下，跃开数步，转身对着站在那里一动未动的谢艮斋说道："真没想到，这个看上去半只脚踏进棺材的老秀才，居然是个绝世的剑客。"

谢艮斋淡淡地说道："你能察觉到我的剑意而放弃出手，也算是不简单了。刚才你如果对她出手了，背后最起码已经中了我三剑。"

绿衣女子眯起了眼睛，说："你的剑呢？"

谢艮斋说："这屋中一切，皆为我剑。"

长孙增荣突然像是想起来了什么，有些吃惊地说道："你们是当年燕笑我从中原请去边塞护教的'虎鹿羊'三圣？"

谢艮斋眉头皱了一下，他也听说过这三个人。

二十年前，横行西南的"大圣宫"出现了三个如妖孽一般的弟子。一个男弟子姓胡，名施洛，主修"大圣道"心法；一名女弟子姓陆，名盼兮，主修"三天劫数"神功；还有一名女弟子，姓杨，名步辇，主修"六道归元"大法。

他们三人二十几岁的时候便已无敌于西南，教内三大神功修习到大圆满之境，就连大圣宫的宫主都自愧不如。因大圣宫平时以"虎"、"鹿"、"羊"为教内的图腾，宫主在当年便封他们为大圣宫的"虎鹿羊"三圣。

后他们因在应天府内与飞鸿会的朱门和青门发生冲突，左丘飞鸿遣青山依旧在与朱颜难自改击杀三人，一战之后三人负伤逃走，飞鸿会连续追杀，三人无奈，只好逃往边塞，为燕笑我所收留，待为上宾，成了燕云教的护教圣王。

燕周此行带着他们三人，便是想以他们超绝的武功力压全场，夺得本应是自己的令牌。

三人成三角夹击之势，包围住铁钉、长孙增荣和谢艮斋，随时都有可能出手。

长孙增荣突然长叹了一口气，转首对谢艮斋说道："谢先生，你可知我此生共铸剑几把？”

谢艮斋愣了一下，摇摇头道："不知。"

他奇怪在这样的时候，长孙增荣居然还有心情问他这样的问题。

"终我一生，一共只铸造过五把剑。"长孙增荣继续说道，"我的铸剑技艺，与徐夫人和欧冶子都不同，师承干将莫邪一派。吾派铸剑，需先铸造辅剑，待真剑形神俱成之时，以辅剑吸收剑身多余的剑意和天煞之气，这样真剑才可以形神一体，纳于剑鞘之内。"

"所以，"他从身旁宽大的剑架上拿起从下往上数的第一把剑，说道，"终我一生，便留下了五把辅剑。"

"虎鹿羊"三圣听他说铸剑之法，便一时没有出手，想听他说完再出手也不识。

长孙增荣扶着剑鞘，双目中尽是怀念之情，突然手腕一抖，剑应声出鞘，在空中一个回转，居然主动地落在了谢艮斋手里。

灵剑择主，更何况是当世第一铸剑大师平生惊艳之杰作。

剑一到了谢艮斋手上，"虎鹿羊"三圣便感觉到剑气割体，周遭所处的空间仿佛有无数柄气剑在撕裂一切。

杨步辘和陆盼兮在此时同时出手了。六道归元劲和三天劫数力如洪荒降临，打破了空间，击碎了距离，朝着谢艮斋就这么无法无天地扑了过去。

诸人只看见被扭曲撕裂的空间里有如惊雷闪电般的剑光一闪。

二人出手的洪荒巨力被这一剑在瞬间撕裂，且剑意袭体，身上衣物"嘶嘶嘶"地出现了数十道裂纹。

长孙增荣兀自在喃喃自语："这第一把剑'断空'，便是我为当年天下第一剑客关墨所铸。"

关墨三十年前一剑纵横的时候，燕胡桑和唐白木还算不上是武林第一人，左丘飞鸿也不敢直撄其锋。后关墨因爱妻身亡，心丧若死，将一代名剑"断空"沉入湖底，

归隐山林，不知所踪。

此把辅剑吸收了"断空"的剑意和煞气，谢艮斋顺剑势而为，果然犀利无比。杨步辇和陆盼兮数次强攻，均被剑意所阻，不得寸进。

然而数剑之后，剑意与煞气消散，剑身由光转锈，竟是不能再用了。

长孙增荣此时已从剑架上取下了第二把剑抛给谢艮斋。谢艮斋弃锈剑之后接剑，剑尚未出鞘。杨步辇和陆盼兮趁此间隙揉身而上，六道劲气和三天怪力怒吼着朝谢艮斋席卷而去。

谢艮斋低首，拔剑。

剑还未出，剑鞘内便响起了古老而庄严的朝会与歌咏之声。

此时长孙增荣的声音才传出来："这第二把剑，是我为白日依山尽所铸之古剑——'朝歌'。"

杨步辇和陆盼兮尝过这把剑的苦头，大惊之下想抽身回撤，可谢艮斋手中的剑，已到了她们身前。

二人闷哼一声，向后倒纵，手臂上都有鲜血溢出。谢艮斋这一剑，已伤了她们。他剑势一紧，想借此诛杀二人，然而那个一直仿佛置身事外的胡施洛，却挡在了二女的身前，双手如抱虚空，向谢艮斋那一剑迎了上去。

"朝歌"剑意一滞，竟被他怀抱的虚空给吸了进去。谢艮斋弃剑倒翻，又退回到原来的位子，仿佛一直没有移动过。

长孙增荣手一伸，第三把剑便已在手里。他递给谢艮斋，一边从容不迫地说道："第三把剑，是我为蓝玄镜蓝大先生所铸的玄剑——'法眼'。"

胡施洛的"大圣道"以吞噬任何劲气和器意著称，当年与青山依旧在和朱颜空自改一战之中也是令二人啧啧称奇。这十余年他在塞外潜心修行，已超越功法表面之大圆满，步入"大圣道"隐藏的最后一重境——"天将降大圣于斯人也"。入此境后他整个人仿佛脱胎换骨，对一切世俗琐事再不关心，每日里只是参悟天地之道，如痴如醉，武功之高，早已超越了杨步辇和陆盼兮不知凡几。

而刚才谢艮斋的"朝歌"剑意将他从参悟中唤醒，使出一记"虚空大圣"，吞噬了剑身上的煞气，由此看来，即便白日依山尽带着古剑"朝歌"亲临，也未必就能稳胜。

他朝着谢艮斋走了过去，浑身尽是虚无。

谢艮斋拔出了玄剑"法眼"。他双目一瞪，对着胡施洛就是一剑。胡施洛往左移，剑也往左移，胡施洛往右移，剑也往右移，胡施洛闪身出手，剑光一闪，他的手上便着了一剑。

浑身虚无的胡施洛，在"法眼"剑前无所遁形。世间万物，又有什么逃得出法眼明镜？

胡施洛往后退了数丈，与杨步辇和陆盼兮站在一处。三人轮番出招，"法眼"的剑意很快便消散一空，化为锈蚀。

长孙增荣将第四把剑交给谢艮斋，长声说道："第四把剑，是我为昔梦所铸的梦剑——'庄周'。"

"虎鹿羊"三圣同时出手。纠缠在一起的劲气与虚无之力如黑夜圣魔，整个铁匠铺内阴邪狂风骤起。

"庄周"剑出鞘。一把黑色的、泛着点点星光的长剑。如果长夜如长空，那么这一剑便是长空缓缓流动的云。

这一剑很慢，是难以醒来的梦境。这一剑后发先至，在"虎鹿羊"三圣的招数之前便刺中了他们，三人每人都吃了一剑，伤及筋骨。不过他们三人的劲气，也在中剑后击中了谢艮斋。

谢艮斋猛地吐了一口血，血喷在黑色的剑身上，是一个英雄的迟暮。

他转过身来，对长孙增荣喊道："快，第五把剑！"

长孙增荣不急不慢地说道："第五把剑，我才刚刚要开始铸造！"

　　他手一招，剑架上的最后一把剑就自动飞到他手里。他褪去剑鞘，剑鞘内只是一柄剑胚。铁钉将手中巨锤扔了过去，他伸手接住，随手一锤便砸在剑胚之上，口中大喝道："天阙崩！"

　　剑胚被他巨锤击打，通体巨震，在震动中恍若有流光闪烁。

　　此时胡施洛、杨步辇、陆盼兮三人正在对谢艮斋猛下杀手。三人虽也受伤不轻，但谢艮斋应该伤的更重，"庄周"剑逐渐锈蚀，正是击杀他的最好时机。

　　长孙增荣第二锤击打在剑胚之上，口中大喝："残像隐！"

　　剑胚之上似有裂纹出现，裂纹中精芒一闪，似乎要破壳而出。

　　谢艮斋左支右拙，已渐渐独木难支。他主要脏器受损，内伤严重，加上年岁已大，毕竟精力不济了。

　　眼看着"虎鹿羊"三圣便要将谢艮斋的守势击溃，燕周的声音突然响起："不好！不能让他铸成这把剑！"

　　只见长孙增荣第三锤重重地敲在剑胚之上，口中狂喷鲜血，大吼一声："诗气烟尘，无生锋刃！"

　　这一锤下去，剑胚的外壳片片碎裂，竟从剑胚之内，诞生了一把无生之剑！

　　原来长孙增荣见情况危急，便动用了派内铸剑禁术——"无火天生"，以自身精气为火种，引天地之力入剑胚，在短短三锤之内，循天道轨迹，锤击剑胚，凭着他数十年登峰造极的铸剑技艺，居然做到了剑胎暗生，成剑无形！

　　瞬时间天煞落雷，铁匠铺的屋顶转眼间灰飞烟灭。"虎鹿羊"三圣、长孙增荣、谢艮斋、铁钉全部被天煞巨力震飞出去，唯有那满含诗气烟尘的一把绝世真刃，静静地趴伏在被月光覆盖的地面上。

　　长孙增荣躺在地上再也动弹不得，却不自禁地仰天长笑道："第五把剑，便是我为谢艮斋铸造的惊世奇剑——'诗隐'。这也是我长孙增荣此生铸造的最得意的一把剑了。"

第十九章 这一世的行走

　　蓝玄镜坐在大悲楼的正堂之中，吃着值日僧为他准备的桂花绿豆糕，望着窗外，大悲楼附近的香樟和鸡爪槭长得正好，偶尔可以看见七叶树和皂荚，时常有一些灰树鹊和伯劳来啄食应季的果子，到那时寺里的僧人便会用长长的竹竿驱赶，引得它们从一棵树跳转到另一棵树，直至觉得无处可以落脚，最终拍打翅膀漠然离去。

　　儿时的他最喜欢在父亲的书房里看府内宅院中的榆树和女贞。从书房精致典雅的平推式木窗看出去，窗外的树木便是这幅画纸上的墨形。他常常拿起书桌上父亲的关东兰竹狼毫，在早已铺就的龟纹五尺生宣上描摹窗外的树丛。

　　便有那么一日，过路来啄食他家枇杷树果子的一只发冠卷尾，不知因何原因，落在书房那盏红木画窗的窗棂上不愿离开。

　　他笔锋一转，开始临摹卷尾立于枝头的形态。发冠卷尾歪着头看他作画，在温润的阳光下羽毛是黑色的翡翠。在他刚刚完成最后一笔的时候，发冠卷尾"扑拉"一声飞入林中，从此之后便再也没有出现过。

　　他嘴里的桂花绿豆糕略微有些甜了，于是端起右手边矮几上青花盖碗的茉莉龙井啜了一口，想到那幅画后来在多年内都被其父赞赏，找十竹斋的大师傅以花绫精心装裱成挂轴后悬于府内正厅的侧墙之上。只是在父亲去世以后，自己离开了家门住进灵隐，那幅画就被卸了下来，原处换成了一副柳公权的真迹。

　　门忽然被推开，耀眼的阳光从门外流淌进来，在大堂的地面上形成了一块倾斜的、狭长的、方形的光斑。值日僧先从门外进来，立于门边，他便知道，是七茉住持修完阿难陀，移步到此了。

　　七茉住持随后便从门外迈了进来。她对着蓝玄镜双手合十，施了一礼，口中叫了一句："蓝大先生。"蓝玄镜合十还礼，回应道："七茉住持。"

　　七茉坐在矮几的另一边，值日僧端来一杯以白瓷茶杯盛着的清水，七茉接过喝了一口，对蓝玄镜说："蓝大先生今日是否有要事知会贫尼？"

　　蓝玄镜往嘴里丢了一块绿豆糕，笑道："七茉大师可记得蓝某是何时被人称为大先生的？"

　　"应当是在十五年前，八分天下堂意欲染指杭州府的产茶与瓷器生意，与西湖蓝家起了冲突，而以灵隐寺为首的产茶与制瓷的寺庙便首当其冲，成了矛盾的焦点。八分天下堂屡次派人前来骚扰滋事，均被当时我寺住持大无禅师请出了寺院。大无师兄精擅'如是观掌'和'八风不动'心法，在杭州佛门从无敌手，即便与南北少林之罗汉堂首座相比也未遑多让。"

　　七茉主持目不斜视，浅浅地饮了一口清水，继续说道："谁知后来八分天下堂居然遣来其八个堂主之一的'一诗一剑'艮阿，大无师兄当场败下阵来。我寺立即向蓝家求救，那也是蓝大先生第一次莅临本刹。蓝大先生与艮阿那一战，是贫尼此生仅见的剑法极诣之交手。法眼出鞘，迎战如诗剑意，艮阿最终在法眼剑下输了一招，弃剑而走。自此之后，武林中人皆称呼你为蓝大先生，意为剑术之大者，除你无他了。"

　　蓝玄镜放下手中的青花茶碗，有些唏嘘地说道："已经十五年了，逝者恰如斯夫。当年的'诗剑'艮阿因败于我手，主动退出八分天下堂，后被八分天下堂追杀，从此销声匿迹，当年此事还闹得沸沸扬扬，现在又有谁还能记得？我蓝玄镜如果不是手握'法眼'，何尝不会与他一样，只是湮没于江湖人潮中的一个被世人遗忘的过客罢了。"

　　"不过，"他话锋一转，正色道，"七茉住持可听说，燕云教教主燕笑我的女儿燕泊月，即将来到我杭州灵隐寺了么？"

　　七茉神情如古井无波，摇了摇头，说道："人来人去，是因果循环；缘起缘灭，是命理造化，谁皆可来，谁皆可走，又有何可说。"

　　"可是江湖传言，她此行而来，是为了求我解开燕笑我死前给她的那枚令牌的秘密。燕泊月在济南府已遭到截杀，这一路上还不知道会再遭遇多少次，也不知道会有多少帮派多少势力掺和进来。而我蓝玄镜，作为这个江湖传闻的最终解谜者，必定也会有人来访，灵隐寺作为我栖身之所，此次之凶险，实在已不是当年仅仅一家八分天下堂可比。”

七茉沉吟良久，开口说道：“想问先生一件事。”

“但问无妨。”

“即便先生此时离开了灵隐寺，那些帮派势力还会不会来到我灵隐寺，逼问先生的去向呢？”

“会的。所以此次我离去前往之地，不会说与寺中任何一人知晓。”

“贫尼虽然不入江湖，但也知江湖人生性多疑。先生觉得他们会相信我们说的话吗？”

蓝玄镜沉默不语。

“如果不会，那么还是请先生安居于此。我寺此时依然需要先生，需要‘法眼’，需要先生多年悉心栽培的衣钵弟子鱼观澜。”

七茉住持说完，端起白瓷茶杯，将杯中清水一口喝了下去。

鱼观澜坐在自己的精舍里，抚摸着在外出行时一直背在身后的长剑。

剑鞘以花梨木制成，以蓝染的技艺染成蓝色。鞘口比寻常剑鞘宽大，以北海精铁制成，其上有一个环扣，是为剑佩。剑标于剑鞘末端，呈椭圆形，以“雪隐炉”特制的虬髯精铁铸成，可护剑鞘亦可攻击。

剑柄由“雪隐炉”独门的雪纹蓝金所制，精细无比，刻有沙罗双树与金波罗花图案，剑锷上镶有七颗紫檀木念珠，端庄朴拙，尽显一派大师之匠心。

鱼观澜在外行走时，从未拔出过此剑，因为师傅跟她说，不到生死关头，不要拔出这柄剑来，这柄剑太过显眼，而且剑意太重，出鞘便不能不伤人。

　　所以她一直是用黑色的粗布把剑裹起来背在身后，从未在别人面前展露。她对师傅的话向来不敢不从，师傅待她如亲生女儿，虽然她只是师傅在二十年前从街头抱养的弃婴。

　　儿时她便随师傅住进了灵隐寺，由寺中比丘尼料理日常起居。大些之后师傅便开始教她武功剑术，寺里执事老尼教授她读书写字，咏诵佛经。

　　师傅常常夸赞她在学剑一途上天赋异禀，日后定能继承他衣钵。前年她便开始修行"玄瞳镜剑"和"正法眼藏"，两年下来已有大成，令师傅啧啧称奇，感慨不已。

　　近一年来，师傅便经常遣她出去行走，说看一看江湖，历一历人事，对自己是好事。她出行几次，偶尔也会遇到动了歹念的江湖人想对她下手，均被她三两下击溃，无人是一合之敌。

　　就在她觉得江湖无趣，世人皆低的时候，她在应天府郊外的秦淮河边，偶然中目睹了一场绝世的交手。

　　当那个衣襟当风，神情淡漠的飘逸男子，抽出一把通体黑色的长剑，一剑刺出的时候，她背后的这把"法眼"突然剑身抖动，直欲脱鞘飞出，兴奋莫名。

　　直到她离开现场很久之后，"法眼"和她的呼吸才平复下来，她脑子里一直在回想着那一剑，和那个握剑的人。

　　她不知道还会不会遇见那个人，但是她知道，此间事了，她一定还会去行走江湖，直到找到那个人为止。

第二十章 此生合是诗人未

长孙增荣兀自躺在地上哈哈大笑，开心不已。

他一生精研铸剑之道，琢磨天道神工，究其一生也就铸成了四把剑，虽然每一把剑出鞘都曾惊天地泣鬼神，成为武林中掀起一时风云的杰作，不过他心中一直都有小小的遗憾，未能以身入道，携道铸剑，他追求的每一锤下去都是经典的境界一直未能达到。

然而今夜机缘巧合，"虎鹿羊"三圣武功高绝，逼得他不得不舍弃了四把辅剑，交予谢艮斋用来对敌，更是下定了决心，不管局势如何，今夜便是第五把剑铸造之时。只是他在一开始的时候是没有十足的把握的。

谁知鬼使神差，谢艮斋也是江湖中曾经有望登顶剑道巅峰的人物，他顺应剑意与天势，将四把剑的特点与妙处发挥的淋漓尽致，甚至让长孙增荣隐隐觉得，即便是真剑正主使出来的剑意，恐怕也不过如此。

四把剑轮番施展，从凌厉无匹的"断空"，到古朴典雅的"朝歌"，看透一切本质的"法眼"，再到梦回乍醒的"庄周"，每一把剑通达天道的剑意一一从长孙增荣心中闪过。他回忆起每一个铸造的细节，炙热的剑胚过水冷却时发出的"嘶嘶"的声响，每一锤敲击在剑身上时手腕处传来的震动，剑成时散发出来的煞气与孤傲，以及在"雪隐炉"外，每一年他和她共度的第一场大雪。

所以，他在铸造第五把剑的时候是独立于这个空间之外的。他的每一个动作都是来自于过去，并将过去化作滚烫的铁水，以手中巨锤呈现在天道勾画的轨迹之上。他在抡圆了巨锤的时候就知道，天道原来早已存于本心，只是到今日，方能用他对过往所有的眷恋与升华，将天地之道以他这一个最简单不过却又完美无瑕的动作附着于被捶打物之本身。

最后一锤，是他对谢艮斋所有剑术动作的理解，也便是天地大道对谢艮斋所有剑术动作的理解。所以，当他喷出胸腹内所有鲜血的时候，他是震惊于手中这把成形的神器的。

"这甚至都不是一把剑，至少我看到的不是。"他倒下去的时候心中如是想。

"虎鹿羊"三圣和谢艮斋、铁钉都躺在地上，一时未能起来。看上去都被天煞之力震得不轻。那把奇剑"诗隐"，就那么静静地躺在暧昧的月光下，气氛在此时有些格外的微妙。

巨大的马车车厢"轰"地一声被人推开，撞塌了铁匠铺仅剩的一堵断墙。一个边塞打扮的壮硕男子走到月光下，蹲下身子伸手要去捡起那一把默然的长剑。

就在这个弹指间。

一弹指有六十刹那。

刹那有多久，燕周并不知道，他只知道，在汉人的书本里，弹指间红颜可以老去，刹那间山河可以破碎。

可他万万没有想到，在这一个弹指间，他眼看就要触摸到的、这一把自古以来也许算得上是最神奇的一把剑，居然凭空跳了起来，越过他的头顶，斩断了月光，刺破了黑夜，"嗖"地一声飞到了一个人高举着的手里。

这个人本来已经受伤严重，萎靡不振，可这把剑到了他的手里，就好像王摩诘吟出了《终南别业》，吴道子画出了《天王送子图》一般。

他穿着青色的布袍，一头白发如雪，正是临安老秀才谢艮斋。

燕周看着他，知道他挨了"虎鹿羊"一记联手重击，现在五内必然出血严重，又着了一下天煞之力，应该是站都站不稳了。而自己一直以逸待劳，精、气、神、力都处于最佳状态，虽然"诗隐"在他手里，可燕周对自己的武功一样自信。

事实上燕周的武功，在燕云教里一直都仅次于燕笑我。燕笑我并没有传他"死水微澜"，因为"死水微澜"虽然精妙绝伦，但并不适合他修习。燕周的武功，师承边塞游牧教派云水门，只是他从小喜读历朝历代各个时期讲解礼仪法度的书籍。他也是天纵奇才，将自己研究的心得体会与所学武道结合，自创"周规折矩"武学，被教内教外誉为武学奇才。

燕周眯着眼睛盯着谢艮斋，长吸了一口气，缓缓说道："没想到一个隐居于此的老秀才，居然便是当年八分天下堂威势最盛的剑堂之主，'诗剑'艮阿。中原武林，果然是卧虎藏龙。"

谢艮斋像是没有听到他说话一样，只是摩挲着手中的"诗隐"，感慨地自言自语："当年我若是有此剑在手，又怎会输在蓝玄镜的'法眼'之下。唉，世事如棋，命该如此。"

燕周第一次被人如此忽视，他突然间觉得很愤怒。他以前被燕笑我的光环压制，只能生活在父亲的阴影之下。现在已经名正言顺地成为了燕云教的教主，但是心中却总是有一种自卑，仿佛从小被压抑的日子一直让他抬不起头来。

燕笑我太强了，是燕云教的神，燕周自觉比不上自己的父亲，所以在他听到中原传来的消息，燕笑我将事关重大的令牌交给了那个也许并不是燕笑我亲生的女儿，他唯一的一个妹妹手上的时候，他立刻就相信了这个消息。

原来，父亲到最后还是看不上我，他虽然传给了我这个教主的位子，却把最重要的东西留给了那个妹妹。

他觉得自己被父亲背叛了，那可是他的亲生父亲。

燕周的怒火越来越浓烈。他一步就越到了谢艮斋的面前，伸出了他的左手。

燕周的左手，是令人胆寒的一只手。这只手下，死过五个武林名宿，十几个帮派头目。

他的左手是制定规则的手，现在这只手上的劲力笼罩了谢艮斋身周五尺的范围，在这个区域内，这只左手制定了规则。

周规折矩，不能还手。

燕周这一招出的极快。他看准了谢艮斋还没有从对"诗隐"的感慨中回过神来，找准了这个时机下手，所以他甚至以为自己的左手已经掌控了全局。

然而，谢艮斋的身体侧了一侧，燕周的左手便从他的胸前滑了过去。

紧接着，谢艮斋出了一剑。

燕周瞪大了眼睛，他居然没有看到谢艮斋的剑，他居然只是看到了一句诗。

此生合是诗人未？

所有人都看到了一句诗，包括躺在地上刚刚准备起身的"虎鹿羊"三圣，包括躺在地上还在无憾此生的长孙增荣。

出一剑，如写一首诗。谢艮斋以剑为诗，眼中无对无敌，只有满腔诗情，要以手中剑书。

所以，他并没有还手，他只是用剑写出了天地间的诗意。

人影一闪，燕周凌空后跃，消失在马车后的阴影里，月光下是他离开时溅出的鲜血。

谢艮斋长剑指天，显然这一剑的余势还没有结束，他对着刚刚起身的"虎鹿羊"三圣，一剑划出，如诗人挥舞浓墨的笔。

细雨骑驴入剑门。

没有人可以与诗为敌，正如没有人可以与一场梦作对一样。所以，"虎鹿羊"三圣也走了，在中了这一句诗之后。

长孙增荣此时才停下笑声，十分平静地对谢艮斋说："谢先生，我要托付你一件事。"

谢艮斋环剑于背后，用另一只手扶起了长孙增荣，在月光下的面孔仿佛年轻了十岁："以后再没有谢艮斋，因为我'诗剑'艮阿，托长孙先生的福，又活过来了。"

第二十一章 突变

叶琉璃对迟简郎的印象，还停留在十几年前那个憨厚的迟家三小子的样子。那时候迟家、叶家、南宫家的几个小孩子每天都有一个时辰的嬉戏时间。年龄最小的是南宫立乐，整天跟在几个大孩子的后面，一边吃着家里仆人给他准备的烧鸡腿，一边和他们用后山的泥土堆砌他们玩闹用的土山。

迟家老大迟无颜和叶家大哥叶康成是这帮孩子里年龄最大的，二人从小就谁也不服谁，经常在几个弟弟妹妹面前挣老大的位子，这时候叶琉璃就会跑到二人身边，把怀里藏的松子酥糖给二人一人一粒，并帮迟无颜重新编已经松掉的发髻，帮叶康成擦掉脸上沾上的泥灰。

叶白袍、迟静水、迟简郎三人在此时往往默不作声，只是低头玩手里的泥巴，好像发生的事情和他们一点关系都没有。最高兴的是南宫立乐和叶布边这两个最小的娃娃，他们两个会在叶白袍三人身后跳来跳去，南宫立乐一边跳着一边对布边说："他们两个要是打起来，我和你就不是每次被罚面壁的啦！哈哈哈！"

布边抠着小小的鼻孔，跳得像一只青蛙，呆呆地说道："我，我蛮喜欢面壁的，不用动脑子，站着都能睡觉，就是尿急了容易湿一裤子。"

南宫立乐："……"

后来迟无颜渐渐脱离了他们这个小小的少年团体，开始行走江湖，展现出了一个日后武林巨擘的风采。随后叶康成也跟随在其父左右，开始接触叶家的事务。他们这三家的少年群体里，大的便只剩下了叶琉璃和迟静水。

迟静水天性宽厚，对谁都十分温润。迟简郎不太说话，可是其时是鬼点子最多的，每次南宫立乐闯祸，都是他事先怂恿，可一旦事发，南宫立乐哭着鼻子告诉他爹是迟家三哥哥让我干的，他爹总是一巴掌拍在他屁股上，大骂他是缺心眼的倒霉孩子。

　　布边倒是和他挺投缘，每次都拍着他的肩膀安慰他，南宫立乐心中感激，觉得布边虽然脑袋不灵光，可人还真不错。哭到一半，突然抬起头来，瞪着布边说道："不对，每次都是你，上次我爹那支'洞幽'古箫就是被你搋断的，这次这个千年古笙也是毁在你手里，你，你，你走开！"

　　布边十分严肃地看着南宫立乐，用手指放在唇边示意不要大声喧哗，皱着眉头说"莫吵吵，本青蛙要走了。"说完转身就蛙跳着无影无踪。

　　南宫立乐："……"

　　叶琉璃儿时只觉得迟简郎木讷沉闷，虽然一直在一起玩耍，却并没有什么更深的接触。后来迟无颜推掉了家主之位，浪迹于江湖，而迟简郎也对家主之位毫无兴趣，离开迟家游戏人生，才让叶琉璃对迟简郎有了些改观。

　　原来这个榆木疙瘩，并不是那么言听计从的乖孩子。

　　后来自己精研指法，在叶家家传的"叶落禅指"的基础上，吸收花鸟鱼虫人鬼兽的精华，自创"琉璃指"，隐居山林，和迟简郎也是有很多年未见了。

　　不料今日三个昔日玩伴重聚首，已经是泾渭分明，各为其主了。叶琉璃自忖凭自己在指法上的造诣，今日一战必是胜券在握。岂料儿时傻乎乎的南宫立乐竟已迈入"大音希声"之境，自己的"花鸟鱼虫"四诀居然取之不下。

　　不过更让她吃惊的是迟简郎。这个看上去木讷无用的书生，不但一拳击溃了二人的攻击，且从容不迫，看上去好像手下还留了力。

　　她心中有些不服，看着迟简郎东张西望，好像没听到她说话似的，不禁有些恼怒，说道："你在看什么呢？"

　　迟简郎继续张望了一会儿，这才定下来看着叶琉璃，说道"小心，我们被包围了。"

　　叶琉璃心里想这小子装神弄鬼还挺像那么一回事的，忽然发现本来已经走掉的南宫立乐抱着那口琴弦俱断的古琴又"呼哧呼哧"地跑回来了。

　　南宫立乐擦着脸上的汗，满面愁容地喘道"完了完了，走不掉了，我们被包围了。"

叶琉璃这才一惊，看了一眼迟简郎，急忙问南宫立乐："是什么人？"

南宫立乐说："一群白衣白鞋的人，看上去好像是飞鸿会白门的。"

叶琉璃奚落他道："怎么大音希声的南宫家大少爷碰到这种小阵仗也要逃跑，你怎么不用你这口古琴砸死他们？"

南宫立乐又把五官挤在一起，十分委屈地说道"我的琉璃好姐姐哟，琴弦都断了，我总不能弹这块千年老木头吧。唉，我也不擅长像你们那样动手动脚的，毕竟太粗鲁了，不适合我。"

叶琉璃："……"

迟简郎转过脸看着他，淡淡地说道："恐怕就算你琴弦完好，今天也未必能走得了。"

他顿了顿，不顾叶琉璃和南宫立乐一脸的不解，转头看向东南角方向，沉声说道："这次来的这位，也许是你我此生未遇的高手。所以我们三人联手这一战，只是才刚刚开始。"

叶琉璃这才听见有很多人的脚步声从四周合围过来，不禁对迟简朗耳目之灵敏刮目相看。然而东南方位，她却听不到任何声音。连最小心的猫，只要走进她身周知觉范围之内，都逃不过她的耳朵。然而迟简郎着重注视着的东南方位，却连脚步声都没有。

这个人要么走路比猫还轻，要么就是飞过来的，她心里想。

白衣人的包围圈已出现在他们眼前。没有任何人说话，行动快速、准确、干脆，所有人的背后都背着一把黑鞘长剑，一眼看去便给人一种肃杀之感。

南宫立乐懒懒地坐在地上，苦兮兮地对叶琉璃和迟简郎说道："脏活累活一向都是小弟来干的，小弟乐此不疲。只希望迟三哥与叶二姐待会多担待一些那个你我生平未遇的高手就好了，小弟吃点亏没什么的。"

说完他忽然以左手拍击古琴的琴身，右手间或辅之，琴身在他的拍击之下传出深厚悠长的节奏和韵律，竟然是一曲在边塞广为传播的"胡茄十八拍"。

本来法度严谨的白衣人的包围圈开始松动了。南宫立乐一音一记，记记敲在他们的胸口，逐渐开始有人抚胸而倒。再过几个节拍，可能这个包围圈就要彻底瓦解了。

就在这时，东南角突然传来了一声长剑出鞘的剑鸣。

这一声剑鸣，古朴庄重，清越如歌，明明是很不易察觉的声音，却压下了南宫立乐的"胡茄十八拍"，鸣音急转直上，震彻云霄，使得那些快要倒下的白衣人在瞬息间恢复了神智和战意。

南宫立乐咬了咬牙，加重了拍击的力度，准备与这一声剑鸣一较高下。

蓦地东南角白光一闪，一个白色的人影如惊鸿游龙，手中长剑便在此时正式出鞘。剑光斩断了拍击，撕裂了音之武域，一剑已距离南宫立乐不足三寸。叶琉璃双耳如灌飓风，剑划破流风，恍如一朝得道，笑舞狂歌。

她根本就来不及出手挽救这一剑，南宫立乐也坐在地下毫无应对，眼见着这一把古朴如王朝，清越如离歌的长剑就要斩中他的时候，剑的前方突然多出来一只手。

准确地说，应该是一只手掌。

叶琉璃只听见迟简郎在身边吐气扬声，耳边响起他低沉的声音："掌握——山河。"

第二十二章 世间事 非观之样

鱼观澜在寺里的时候，每天都要和寺里的比丘和比丘尼们一起做早课，这是她多年来养成的习惯。早课的内容从楞伽经到法华经，不一而足。她从小由寺里的执事老比丘尼带大，对经书的感情也继承了老比丘尼的态度。

经文非书籍，而是由禅之道落于文字之上，借文字之表象暗喻本我，识得本心本性之后还得破除经文留下的文字障。

她在少年时，常常迷恋禅宗先辈们的公案故事与创作的禅诗。禅宗初祖达摩到六祖慧能的公案故事巧熟于心，直至六祖之后，一花开五叶，禅宗从此分为了五个流派的典故也是十分神往。此五个宗门为：伪仰、临济、法眼、曹洞、云门。

蓝玄镜修行的"正法眼藏"便是来源于法眼宗。他年轻时云游四海，与法眼宗当时真传悲卫禅师因缘相会于应天府，二人寥寥数语，尽显机锋。

蓝玄镜也是平日里喜读佛经，参研禅意之人。悲卫禅师便问他最近读什么经，他回答道读《华严经》。

悲卫禅师问："总、别、同、异、成、坏等六相，在华严经中是属于那个部分？"

蓝玄镜答："是在该经的十地品中，照理说，出世和世间的一切法都具有六相。"

悲卫再问："空是否还有六相呢？"

蓝玄镜一时无语。

这话问得蓝玄镜懵然不知所对。

悲卫又说："如果你问我这个问题，我会告诉你答案。"

蓝玄镜便依照他的话问："空是否也具有六相呢？"

悲卫立刻回答说："是空。"

听了这话，蓝玄镜恍然大悟。高兴得不禁雀跃，向悲卫禅师行礼道谢。

于是悲卫又问："你是怎样了解？"

蓝玄镜笑而答道："空。"

蓝玄镜领悟了"正法眼藏"禅意之后，以卓绝天资将其融入武道，自创"正法眼藏"武学心法，并将其传给了鱼观澜。

鱼观澜在一开始修习"正法眼藏"的时候是完全摸不着头脑的。她并不懂得什么是清净法眼，什么是涅盘妙心。从小读过的经书里有很多这样的词汇，但是老比丘尼告诉她，文字如屏障，当你懂得字面意思的同时，便失去了了解其后含义的途径。

"那我如何才能破障而出呢？"她问老比丘尼。

"先与我入觳中来。"老比丘尼平静地说道。

读经十余载，经文如流水般从心头滑过。她仿佛隐隐可以得见经文背后蕴藏的真义，那是一只常常来窥她读经的雀鸟。

她坐在禅堂内诵经，那只鸟往往便驻留在屋外斜伸出来的女贞树的枝条上。她感觉到了它，仿佛看见了它的眼在她身上的凝视，这是一种很微妙的感觉。事实上她并没有看见那只鸟，因为每次她回过头去，禅堂外的树枝上都空空如也。但是她知道那只鸟在某个隐蔽的位置窥视着她，因为她通过那只鸟的眼看到了正在诵经的自己。

吾眼非本眼，而万物皆为我眼。

她于某一夜忽然惊醒，只因为她在梦中见到了许多自己从未得见的景象。视觉随寺里每一个移动的生命体扩展、游移，来到精舍外池塘水面下的泥土里，去到年久失修的大悲楼顶端的裂缝中，甚至漂浮在空中，一头撞进尚未熄灭的烛火中去。

她点亮了桌上的残烛，在纸上写下了心得感悟：

竹外窥莺 树外窥水 峰外窥云 难道我有意无意

鸟来窥人 月来窥酒 雪来窥书 却看他有情无情

读经十余年，终于一夜顿悟。

此后练剑，鱼观澜的剑锋再也不是指向双眼所看。每一剑的轨迹和方向均为那只她无法亲见的雀鸟所观所思所悟而引导。一剑刺在空处，却恍若刺中了整个空间的要害；明明是不可思议的角度，却永远可以正中目标。

她学会了用法眼去观天地之本质，与天光共舞，与落叶交谈，与流风携身共进。蓝玄镜说她法眼已开，以她二十岁之龄可以做到已经是不世出的天才了。下一步便是法眼与吾身融合，双眼即为法眼，不分彼此。

她问蓝玄镜，那做到之后呢，还有再下一步吗？

蓝玄镜当时正坐在清澈见底的天竺溪边，用手中的小半个馒头喂溪水里的草鱼。听她这么问，蓝玄镜展颜一笑，说道："溪水里的草鱼从未见过海水波澜，因为其在溪而不在海；海里的鱼儿也从未见过沧澜，因为其本就是沧澜的一部分。而法眼之终境，便是成为一只可以观澜瀑的鱼。你明白了吗？"

鱼观澜似懂非懂。蓝玄镜继续掰碎馒头喂鱼。

早课结束了，鱼观澜随众比丘尼去饭堂用早饭，看见蓝玄镜已经坐在饭堂里，正在吃一个手握的糯米粢饭和一碗菜叶粥。她过去给师傅请了安，自己只从饭堂僧人手里打了一碗粥，用勺子在粥里一圈一圈地划着，却并不吃。

蓝玄镜咀嚼着嘴里的糯米饭，说道："再不吃粥就凉了。"

鱼观澜用勺子喝了一口，便不再动。她心里想着那个拿黑剑的男人，那一剑如梦幻泡影，连她身后的雀鸟都沉睡了。

蓝玄镜见她不吃，也不强迫她，三两口喝完了粥，用随身佩戴的蓝纹手巾擦了擦嘴，说道："走。"

鱼观澜随他走出饭堂，走过罗汉堂、大悲楼、大雄宝殿、药师殿，转过回廊，沿着寺里的锦鲤池走了半圈，信信然地便走出了灵隐寺。

在灵隐寺以西，还有三个禅寺，分别为法净寺、法镜寺和永福寺。天竺路边的石涧溪水潺潺流动，从天竺空濛的大理石牌坊伊始，一直延伸到永福寺的寺墙之下。

有早起的农妇，半蹲在涧水中突出的、光滑的石头上，以流动的溪水浣洗脏衣和碗筷。

蓝玄镜走的不快，鱼观澜默默地随于其后。走过法镜寺，蓝玄镜不再往永福寺方向前行，而是走进岔路，随坡道而上，路过一段茂密的竹林，来到了古已得名的"小西天"。

此处清风过耳，虫鸟相应，人迹罕至，确实是一处夏日纳凉散步的绝佳之地。

蓝玄镜便在此处停下了脚步。鱼观澜还在琢磨那个持黑剑让人一剑入梦的家伙，却听见身前蓝玄镜的声音悠然响起："一休大士，在此处便可以现身了。"

只听见一个爽朗的女子声音说道："蓝大先生毕竟法眼明镜，还是逃不过你的'观自在如洞天'啊。"

竹林中传来清晰的脚步声，一身青衣的一休大士缓缓走到蓝玄镜身前，竟是一个风韵犹存的中年妇人。

蓝玄镜说道："贵为八分天下堂的执事大长老，一休大士居然只身前来，蓝某实在不解。"

当年艮阿在八分天下堂如日中天的时候，剑堂确实风头最劲，不过他一直都不是八分天下堂能排到第一位的那个人，因为在他同期，有一个从未败绩的女人，一旦遇到她，便万事皆休，这便是当年使得八分天下堂取代了飞鸿会的关键人物——一休。

她因为武功太高，被江湖中人喻为"大士"，意为无所不能之人物也。八分天下堂的总堂主从不露面，其主要负责对接朝廷的人，以及协调各方面的关系。一切在江湖中执行的任务，都是由一休大士统一调度，强如艮阿，都不敢违抗。

当年艮阿因为自恃剑法绝顶，鲁莽行事，败在蓝玄镜"法眼"之下，回到堂内被一休大士狠狠责罚，他心高气傲，哪里能忍受这等屈辱，怒而退出八分天下堂，这么多年过去，却依旧遭到一休大士派遣的堂内精英追杀。由此便可见一休大士不可亵渎的权威。

今日她突然只身来到灵隐，应该也和燕泊月的事情有关。

一休大士说道：“我来的甚早，只是见蓝大先生正在用早饭，便没有敢惊动。好在蓝大先生早已洞察一切，特地引我来此小西天相见，倒是一休鲁莽了。”

蓝玄镜淡淡地说：“你也是故意让我发现的，否则以你的武功，来去怎么会留下痕迹。闲话少说，正事要紧。一休大士此行，是为了燕泊月那块令牌吗？”

一休大士深深地看了蓝玄镜一眼，说道：“是为此事而来，却不是为了令牌。明人面前不说暗话，蓝大先生也是这件事情里面的关键人物，一休便在此如实相告了。因为觉得此事颇为蹊跷，一个月之前，我们便组织人力，开始对这件事情做了一场极为深入的，有史以来最广泛、最透彻、最详细的调查，涉及到十六个帮派、八百多个眼线、之前二十年所有的资料、卷宗、记录，以及期间所有牵扯到这个圈子里面人物的详细背景，他们之间的关联、恩怨、来往，最终，我们终于大致摸清了整件事情的起因和走势，以及他们不可告人的、惊世骇俗的目的和阴谋。”

蓝玄镜和鱼观澜不由得都吸了一口气，小西天附近的木芙蓉和月季开得正好，然而这幽幽的花香里，却有一种说不清道不明的意味。

第二十三章 莫吵吵 本青蛙要走了

迟家老太爷当年只有拳指双绝，可他就是没有钻研掌法。迟简郎从小随迟老太爷修习江山指和天下拳的时候，便时常有这样的疑问，既然都是一双手的功夫，为何却独独舍弃了掌法呢？

迟老太爷的回答很现实。他说，指法的劲力集中于指尖一点，练到极致时一指如刀，十分擅长钻隙分解大范围的劲气；而拳劲刚猛，力从足起，经足三里至腰间，堆叠腰力，调动全身劲力由拳尖发出，练到巅峰时无物不破，无坚不摧。

掌法，发力范围过大，从克敌角度来讲，不如前二者。

他最后加了一句，此生能将拳指练到极致，足以笑傲武林了，何必贪多。

不过迟简郎的想法和他爷爷有些不同。他觉得，人的一双手，是一个整体。用手演绎的武学，便是拳、指、掌三种，三者合一，方能将自身手上的武学发挥到极致。

于是他在练成了江山指和天下拳之后，便开始自创掌法。掌法吸收了江山指和天下拳的精义，又融合了自己对武学的理解，居然独树一帜，成为了迟简郎最得意的绝技。

所以这一掌，没有了指点江山的狂傲，没有了拳倾天下的霸道，却多了一种掌握山河的王者之气。

叶琉璃和南宫立乐在近距离观摩并感受到了这一掌。这一掌仿佛从久远的已经可以忘记一切的岁月里而来，从令孔夫子感慨"逝者如斯夫"的一去不回的流水中而来，从俞伯牙在得悉子期身死当夜以指断弦的沉寂了数千年的无声中而来，从眼前万里江山似曾小小兴亡的唏嘘与神往中而来。

那一把形式奇古的长剑刺出的犹如千百年来剑术巅峰经典的一击，被这一掌默然地推开，仿佛是一个君王，缓缓地推开了横亘在身前的奏章。

持剑的白衣人轻轻地"咦"了一声，手中剑"唰"地一声收了回去，完全没有任何的阻滞，"敕朗"一声，古剑归鞘，人已站在数丈外，背着双手观察着眼前数人。

迟简郎神色凝重，他的掌握山河在一推之后还有一握，是控制住对方兵器的后招，岂料对方说收就收，自己完全控制不了他，可见此人剑术之高，怕是已经达到"剑心无碍"的境界了。

他见对方收剑后撤，便一抱拳，行了一礼，说道："晚生江南迟家迟简郎，与叶家叶琉璃，南宫家南宫立乐，在此见过白日依山尽前辈。"

他从对方的古剑和剑法上辩认出其身份，于是也点明了自己三人的背景身份，希望白日依山尽投鼠忌器，不再对他们发起攻击。

叶琉璃和南宫立乐听见白日依山尽的名字，都是吃了一惊。

在老一辈的剑客里，有几个名字，一直是江湖人心目中不可超越的存在。

自从天下第一剑客关墨沉剑归隐之后，武林中便再也没有了天下第一剑。不过剑客中涌现出了一批杰出之士，其中又以四个人最为耀眼，那便是蓝玄镜，艮阿，卢曾嬷和白日依山尽。

其中白日依山尽年龄最小，不过由于飞鸿会的关系，成名极早，虽然不如青门和朱门那两位在早期便随左丘飞鸿南征北战，但在飞鸿会扩张的过程中，却起到了极其关键的作用。

他二十岁出头的时候，便一人一剑，深入大漠，追杀当年阻碍飞鸿会势力在西域扩张的龙游帮五大供奉。他一身白衣如雪，杀光了这五人身边的十余名贴身护卫，自己却被这五人击伤，口中的鲜血喷洒在白衣胸襟前，像一朵朵盛开的梅花。

五人以为伤了他，便可以趁势击杀，都放松了警惕。谁知道他的剑法，却是在重伤之下更加可怕。就连左丘飞鸿都说过，白日依山尽是一个杀神，打伤他的人，才能见到真正的他。

白日依山尽的剑法，叫"魔现封神"。他一边呕血一边拔剑，沙漠里的长河落日都被他一剑斩断了视线。平静的沙漠里风暴骤起，他出一剑，杀一人，出五剑，五大供奉全部身首异处。然而他出了第六剑。

第六剑，切断了自己与杀意的联系，沙尘拥裹的风暴平息了，他还剑于鞘，依旧淡然如白。

这一战在江湖中威名极盛，谁都知道龙游帮那五大供奉是多么超绝的武者。就连铸剑大师长孙大娘都因缘心动，替他打造了一把符合他剑法气质的古剑"朝歌"。

自此之后，江湖中称颂飞鸿会高手的说法改了改。原本是"青山依旧在，朱颜空自改"，这本是致敬飞鸿会青门和朱门两大高手的。

后来改成，"青山依旧在，朱颜空自改。白衣登鹿台，封神朝歌外"。

至此，白日依山尽的名声直追蓝玄镜，而"朝歌"与"法眼"孰强孰弱，也成了武林中人乐于谈论的话题。

一代江湖神话，此刻便站在他们眼前，而且还想拔剑杀了他们。

白日依山尽听完迟简郎的说辞，并没有回话。他虽然面貌仍然年轻，可岁月在他的两鬓也留下了灰白的痕迹。他只是眯起了眼，不知道心里在想些什么。

迟简郎和叶琉璃、南宫立乐心中都惴惴不安，等着他的下一步行动。白衣人的包围圈毫无松动，显然也在等着白日依山尽下一步的指示。

白日依山尽沉默了一会儿，突然开口说道："你们一定在想，此时我到底在想什么。"他不等别人回答，自己先笑了，他一笑，就像岁月与衰老握手言和。

"我在想，"他笑着说道，"到底先杀你们哪一个好！"

"好"字还未出口，他的人已经来到迟简郎的面前，反手拔出了古剑"朝歌"。

剑刚出鞘，剑鸣清越如歌。

这一剑，白日依山尽已经使出了自己最得意的剑法——"魔现封神"。

迟简郎在瞬间后撤，拳、指、掌三式合一，准备硬解这从无人可以接下的一剑。

然而白日依山尽剑势一转，对着迟简郎身边还没有完全反应过来的叶琉璃刺了过去。

　　叶琉璃感受到了死亡。她慌乱中弹出的数指被剑意扼杀，如琉璃碎屑，崩坏在如山脉一般的杀气之下。这一剑无可阻拦，剑锋已将触及到她胸前的衣襟。迟简郎变招来救，但已是来不及了。

　　就在这时，叶琉璃感觉自己被一双手猛地推开数尺，那一剑险险地擦过自己的右臂，刺入了那一个将自己推开之人的身体。她听到了长剑刺入血肉的声音，听到了剑气割断筋脉的声音，听到了杀意摧毁了五脏六腑、使得脏器大量出血的声音。

　　她回过头来，看到古剑"朝歌"从叶布边的身体里抽出来，带着大量喷洒而出的血液。此时迟简郎的攻击已到，白日依山尽倒掠回去，与迟简郎相视对峙。

　　叶琉璃蹲下去，将布边搂在怀里，发现她浑身的筋脉已经全部破裂，口中大量地吐着鲜血，看来所有脏腑包括心脉，已经全部碎裂了。

　　叶布边的眼神从未如此清明。她看着叶琉璃，想对她笑一笑，却牵动了内伤，一口血吐在了叶琉璃的胸前。

　　她眨了眨眼睛，十分平静地说道："小姐，布边本应是小姐的贴身护卫，保全小姐的安危，可惜布边从小愚钝，学武不成，学阵不精，不但没有能够保护小姐，还从小给小姐惹了很多麻烦……有时候，我都会想，如果小姐遇到危险，布边一定要舍身救人，这才对得起叶家和小姐对布边的恩情……果然这次，布边终于行了自己的本分，不再是一个只会吃饭睡觉闯祸的二愣子了。"

　　叶琉璃想起了从小与布边一起长大的情景，到现在仍然不能相信这个在自己身边生活了这么多年的玩伴兼挚友，便要这样与世长辞。她的眼泪一滴一滴地落在布边的额头。布边满怀不舍地看着她，缓缓地说道："小姐，要活下去，我好累，想再睡会儿。"

　　旁边趴在地上的南宫立乐早已泪流满面，嚎啕大哭。布边歪过头去，看着他，没好气地说："死胖子，莫吵吵，本青蛙要走了。"

说完她闭上双眼，恍若真的又睡着了一般。

说完她闭上双眼，恍若真的又睡着了一般。

第二十四章 这首曲子 是你的

一休大士走了，临行前跟蓝玄镜说，要他多保重，八分天下堂不会过早地介入到这件事里来，她还会回来，只是在她应当出现的时候。

蓝玄镜听完一休大士对他们此次调查结果的详细说明，突然觉得很疲倦。他岁数大了，又在清静无为的灵隐寺里住了十几年，对这么复杂的江湖谋略已经不是那么容易接受，更何况这件曲折离奇的事情里还牵扯着故人之后。

他记得二十年前，燕笑我曾给他来信，邀请他去边塞参加他的大喜之事，只是当时自己身陷蓝家事务不得脱身，便羞遣下人送了一批贺礼过去。他一直觉得燕笑我是个不错的朋友，二人结拜为异姓兄弟之后屡屡在生意上关照蓝家，每次来中原都会到西湖来与他共饮，并且带着塞外特产的名酿"雪顶山泉"。

他此时，也很想喝一杯酒。

蓝玄镜默然地从"小西天"按原路折返，走过法镜寺、法静寺，天色已经渐渐大亮，日光穿过天竺路两边高大的榆树和槐树的枝叶，散落在荫凉的山涧小溪边的土路上，是斑驳的光点，如瀑布飞溅出来的水滴，蓝玄镜一时分不清自己是在林荫道中还是潭边观瀑，直到他看见法静寺的院墙边，迎风飘动着一间酒肆的布招，其上以正楷书写着大字：饮。

他不由得往这间酒肆的方向走去。鱼观澜紧随其后。今天是有风的，风在树木的顶端回旋，偶尔会从树顶落下来，那么他们二人的衣角便会被一下一下地撩起。

酒肆门外坐着两个灰衣僧人，见到蓝玄镜过来起身双手合十行礼。蓝玄镜在灵隐一带住了十几年，每一座寺庙的僧人基本没有不认识他的。

蓝玄镜还了礼，有些奇怪地问道："二位大师当是在法静寺修行的吧。"

身材略高的僧人说道："正是。"

　　"法静寺是百年古刹，禅法严谨，何时开始可以做酒肆生意了？"

　　身材较矮的僧人微微一笑，说道："酒如尘世，纷繁拥扰。可若没有这滚滚红尘，又何来菩提妙法？我辈不入尘世，又如何可以领悟出世之超脱；我若不饮此酒，又如何普度酒后不甘之人心？"

　　蓝玄镜听完哈哈一笑，说道："好一个'出世之超脱，不甘之人心'！二位大师委实禅境通明，蓝某佩服。不知大师这里有什么好酒？"

　　身材略高的僧人说道："此间酒肆乃我寺推广'酒禅一味'之外设，取名饮肆，所有酒水均为我寺僧人亲手酿造，目前有两味小酿，待我说与蓝大先生听。其一名曰'入凡尘'，以粳米、桑葚、桂花为主料，入口香甜，后劲绵长，喻意入世之道，初觉百般好处，无可挑剔，时日一长却易受幻象遮眼，不得其本。这第二味酒，名曰'苦海醉'，以山芋、桔梗、橘皮为料酿造而成，入口苦涩，而后味甘甜。此酒喻意人世如苦海，但正所谓'苦非恒苦'，一切'果'必已在一切'因'中早早埋下了根种。"

　　蓝玄镜听完不禁抚掌笑道："那请二位大师，便给蓝某一壶'入凡尘'，一壶'苦海醉'，也让蓝某体味一下这'酒禅一味'的玲珑妙理吧。"

　　迟简郎已经很久没有这么愤怒过了。他记得自己上一次如此激动还是在五六年前，目睹了一众山贼杀死了一车投奔远亲的乡民。他赶到的时候他们已经杀完了一车老小，正在轮流奸污一个大着肚子的女子。

　　他用最愤怒的方式杀死了所有在场的山贼，那个被奸污的女子硬撑着看他打碎了所有人的胸腔之后才含泪而逝。他的双手在杀完人之后还在颤抖，如果不是理智告诉他不可以过分地以暴制暴，他甚至怀疑自己会将在场的所有人大卸八块。

　　此刻，他的愤怒已经超越了那个时候的愤怒，他的手在袖口里无端地颤抖，他浑身的衣物像被风吹过的麦浪一般拂动起来，而他愤怒的对象，那个与他对峙的凶手，却不是可以那么简单就可以被他打碎胸腔的人物。

不被他杀死，已经是一件很了不起的事了。

白日依山尽轻轻抖了一下手中的长剑，剑锋上的血液便瞬间在剑身上消失了。他很喜欢杀人，尤其迷恋剑刃刺入血肉那一刹那间的触感，由剑传递到他的手掌，手掌传递到手腕，一路向上，通过手臂，来到胸口，再到另一条手臂，直至走遍全身。

他能感觉到剑刃深入筋骨里的痛楚，他甚至可以看得见血管、经脉被割断时的脆弱。在很长一段时间里，他觉得自己正是为此才如此痴迷于剑术。刀、枪、棍都达不到这样的效果。剑对一个人肉体的摧毁是优雅的、古典的、迷人的，不像别的兵器那样粗鲁、随便、没有内涵。

当一把剑刺入一个人的肉体，它绝不仅仅是在伤害肉体，同时对被伤害者的心理是一种历史悠久的、典雅的摧毁。没有一种武器，可以像一把剑那样含蓄、惆怅、在杀死一个人的同时，还在展现一种武技符合道之轨迹的契合之美。

白日依山尽对刚刚那一剑很满意。他还剑于鞘，对着包围圈的白衣人们做了一个抹除的手势。

白衣人开始对南宫立乐和叶琉璃发起攻击。叶琉璃仍然抱着布边的尸体，还没有从巨大的悲痛中回过神来，南宫立乐首先警觉到了包围圈的缩紧。白衣人们纷纷拔出了腰间的长剑。

他翻身坐起，将身边的古琴横于膝头，以左手五指拉直了齐根断掉的琴弦，蓦然想起就在短短一炷香时间之前，自己还为见到了布边而担忧古琴的下场，现在布边已经就这样永远地离开了他们。

他悲从中来，泪水不自禁地滑下脸庞，滴在被他拉直的琴弦上，居然发出了轻微的、好听的"玎琮"之声。

"布边，这首曲子，是你的。"他在心中如是说。

南宫立乐的右手抚上了琴弦。

所有向着叶琉璃和他冲过来的白衣人都听到了琴弦声，然后琴弦声就消失了。

正在他们狐疑之际，他们的耳膜里传来了一种很奇怪的声音。这种声音无法用语言去描述，因为它就像同时有四百只老鼠和四百条毒蛇在脏器之间游移跑动，然后开始一点点地啃噬人的内脏。

这声音一开始是悉悉索索的，是微小到几乎耳不能闻的。然而就在三个弹指之间，声音的频率和音量大幅增加，所有白衣人都清楚地听见了从自己体内传来的令人毛骨悚然的声音！

这声音如实质一般在他们的体内流动。有的人捂着胸口，说在这里在这里；有的人捂着肚子，说在肚子里在肚子里。他们感觉到了疼痛，这种疼痛有别于一般的刀剑创伤，而是一种来自于身体内部脏腑之间永不停歇的被吞噬的痛楚。

蛇与鼠在他们体内奔跑、缠绕、啃咬，他们觉得自己正在被从里到外地活活生吃！

没有人会不恐惧，也没有人可以阻止这样的境况。白衣人们扔掉了手中的剑，发了疯似的捅破自己的耳膜，发现仍然可以听见来自体内的声音。他们又拾起长剑，倒转剑头，刺入自己的胸腔和小腹，想要将自己体内的数不清的蛇与鼠全部挖出来。

场面一片血腥。无数白衣被染成了红袍。嘶吼与悲鸣不绝于耳。南宫立乐仍然在弹着断掉的琴弦，而他此时眼里，流的已经不是泪，而是血。

这一曲"魔由心生蛇鼠行"，由于太过残忍而且对自身摧残极重，在多年前已是"大音希声"境之音武中被禁的杀音式了。

叶琉璃仍然没有站起身来，她半蹲在地上，久久地抱着布边逐渐变冷的身体，一动未动。

迟简郎在白日依山尽做完那个手势的瞬间就动了。

在那一瞬间，白日依山尽仿佛有眼前的天地都晃了一晃的错觉。

"天下江山，如我拳指流沙；山河破碎，看我掌逆造化！"

迟简郎拳、指、掌三式合一，一时间山川云动，江河倒卷，他携天地大势，对鹿台封神的白衣，作出了惊世骇俗的宣战。

第二十五章 力拔山兮气盖世

到底是什么，让我如此悲痛。

虽然她是与我一同长大的玩伴，可我从小对她又何曾付出过真心。她自小愚钝，在家里家外出尽窘相，哪一次我不是和迟简郎他们一样，掩嘴偷笑，心中暗暗嫌弃她蠢笨。

迟家兄弟是男孩子，表现在言语和行动上居多，我是女孩，又是她服侍的主人家小姐，自不能表现得过于明显。她每次在我面前哭诉，说迟家兄弟看她不起，还想着办法捉弄她，我嘴上安慰，实则心里竟还是站在迟家兄弟那边的。

我这么虚伪的女人，凭什么会抱着她，哭到连眼泪都已流不出来的地步！

白日依山尽的剑刺进她身体的时候，我听见了血肉断裂的声音。为何我的心会那么的疼痛？比刺进我自己身体还要疼的那种痛，却在她的身体里蔓延。本应切断我经脉肌理的冷刃，却在她的骨骼间蹿动。

死里逃生的我，竟还有一丝侥幸和喜悦？慌乱恐惧的我，当发现死去的人不是自己，竟还有一些理应如此的庆幸？

一个这么多年来被我当作傻子、愣子、呆子的贴身女侍，义无反顾地代替我去死，我居然还觉得是她自己笨、自己傻、自己活该去死？

叶琉璃，你可以原谅自己吗？

她儿时替你背下砸烂祖传瓷器的祸的时候、你练功手脚淤青她从自己被窝里拿出从冰窖里偷出来的冰块帮你冷敷的时候、你隐居山林她二话不说便与你一起安排你山中饮食起居的时候，叶琉璃，你有想过她的半点好吗？

你只会嫌弃她帮你背祸还说的牵强附会以致被爹识破罚你们两个三天不准吃饭从被窝里掏出冰块的时候已经全部融化盒子里只有被捂的发热的陈水；在山里她打

猎不精而且心地善良不忍杀死小兔小猫，以至于你们吃了上顿没下顿，你虽然没有当面发脾气，可你对她的态度却是不冷不热，使得她心里委屈却不敢说，只能每天去山里找皮糙肉厚的野猪拳打脚踢发泄心中的怨气。

叶琉璃，你敢说你自己没有在心底深处咒骂过这个倒在你怀里的、逐渐冰冷的、曾经活蹦乱跳的、陪伴你这么多年的、被你嫌弃的憨货，咒骂她还不如早早死掉的好吗？

你难道不知道，你爹曾经为她做媒，要将她许配给南宫家的伴读书童吗？她还不是为了你，见你尚在闺中，推辞了你爹和南宫家的好意，说要等小姐有了心上人，自己才会考虑婚嫁之事。你难道后来没有无意中发现，她和南宫家书童早有书信来往，她还在自己的信里写道，那是唯一一个愿意和她玩青蛙游戏而绝不会嘲笑她的男子吗？

叶琉璃，你对得起你怀中的人吗？你可以原谅你自己吗？她现在正如你的意，早早地在她生命里最美好的年龄死去了，你有什么资格在这里悲伤？你配吗？

她死了，你就只能在这里抱着她已不鲜活的身体虚伪地恸哭，你就是这么一个虚伪、软弱、心如铁石的人。

我……我还能做什么？

叶琉璃睁开眼，耳中的琴音已歇。"魔由心生蛇鼠行"此曲威力极大，南宫立乐虽然在弹奏时已经锁定了对象，但溢出的琴音仍然对她产生了些微的影响。

她看向南宫立乐，发现南宫立乐双目流血，古琴倒在一边，人斜斜地软在地上。她这才心中一惊，慢慢地放平布边的尸体，过去扶起南宫立乐，探察了一下他的脉搏，好在性命无碍，只是被此曲反噬，脏腑有些受伤。

南宫立乐无精打采地说："琉璃姐，我暂时不能动武了。我为布边做的，只能到这里了，你莫要怪我。"

叶琉璃平静地说："你做的她会知道的，安心休息吧。接下来，"她把目光投入战局，缓缓地说，"就交给我和简郎吧。"

白日依山尽神色肃穆，拔出了他腰间的佩剑——古剑"朝歌"。

他已经很久没有这么认真过了，上一次让他认认真真对待的对手，还是十年前号称与"诗剑"艮阿齐名的"我剑尤怜"卢曾嬜。

今天，他这是第三次拔剑。第一次拔剑斩南宫立乐，只是试探；第二次拔剑刺迟简郎，中途转向改刺叶琉璃，也是戏耍成分居多；而这第三次拔剑，却是他全身精气神高度集中之所为。

盖因迟简郎这拳、指、掌三位一体的一击，让他觉得，他已与天下江山，成为了死敌！

谁能做到这一点呢？他瞬间在脑中想了想，觉得可能只有当年的迟家老太爷了吧。他见过迟家老太爷出手，在"灭唐"一役中。当时他还只是江湖新秀，却被迟家老太爷一指一山、一拳一世的武功所震撼。

拔剑。

古剑"朝歌"出鞘。

剑刃完全脱离剑鞘时，与鞘口相击的剑鸣声，如早已埋伏在天心的五雷，抢在闪电之前便响彻了整个应天府。

这才是真正的古剑"朝歌"！

白日依山尽手中长剑刺进了虚空。

他一剑刺在了虚空的深处，并没有关注对手迟简郎如山河湖海摧枯拉朽的攻势，而是在虚空深处筑起了楼阁。

他一剑挥舞，便在他与迟简郎之间，探寻到千年前的王朝，剑意所指，便是当初手可摘星、近观日月的万丈鹿台。

迟简郎如天下江山一般的威猛大势受到了阻碍。他的面前平地拔起了一座望不到尽头的楼阁。这座高大到让人不得不心生绝望的建筑如同对手那高山仰止的剑意，将他的战意凭空截断。

天地都与我同在，一座空中楼阁，能奈我何？

迟简郎吐气扬声，左手刹那间拳、指、掌皆出，偌大的鹿台前猛然出现一尊巨人。巨人伸手便可触及天幕，跺脚便可踩碎大地。他亦歌亦舞，迈开横跨万里的步伐，走近并双手抱住鹿台，口中怆然歌道："力拔山兮————气盖世！"

白日依山尽神色越发肃穆，他手腕一抖，又挥出了第二剑。

巍巍倒矣的鹿台上，蓦地出现了一个手执法杖、清虚伟岸的身影。横无涯际的巨人怒吼着向他伸出手去，却被他一杖点在眉心，嘶吼着松开双手，往尘土飞扬的无边大地上栽倒下去，激起了声势浩大的地震与海潮。

迟简郎面色一红，瞬即变得雪白。他深吸一口气，如在呼吸自己生命中最后一口气一样。他缓缓地伸出了右手，整只手和他的脸一样雪白。

这只手好像没有出招，只是这么简单地向前伸出去。

而白日依山尽却面色大变。他看到了这只白得凄惨的右手，在弹指间变化了四十九种攻击！

此时，迟简郎才虚弱地从齿缝间吐出一口语重心长的浊气："时不利兮————骓不逝——"

栽倒在地上的巨人化为无形的烟气，在鹿台之前消散的无影无踪。不过远处却传来越来越清晰的马蹄声。借着星空下的光线，一匹黑色如风的骏马朝着鹿台的方向冲了过去。这匹马太巨大了，它不停地奔跑，所到之处，连头顶的星光也随之灭绝，就像一场无可挽回的、沛莫能御的黑夜的到来。

白日依山尽浑身白袍无风自鼓。他口中念念有词，左右手同时握住"朝歌"，往虚空无尽处斜斜地斩了下去。

星空下，楼阁上的持杖人举起手中法杖，法杖指天，大喝一声："中天北极紫薇大帝现身！”

被黑色巨马染黑的星空里，无端地亮起了一颗星辰。在它亮起的同时，所有被黑色巨马熄灭的星光又重新逐个亮起。星空上一时星光璀璨，亮丽无方。

蓦然间，一只大手撕裂了长空，伸了下来，以漫天星光为剑，一剑便斩在了奔跑中的黑色巨马的背上。

黑马长嘶一声，挟裹着一身如黑夜无尽的烟尘，在这个时候高高跃起。它的头顶碎了天幕，如长河一般的星光泼洒下来，闪亮了巨大的楼阁与大地。黑马张口咬住了撕裂天幕的大手，大手中的星光之剑也完全刺入了马身。鹿台被二者的争斗波及，逐渐开始崩塌，而黑马的身体因为被光剑侵入，也逐渐开始分解。

迟简郎的脸已经白的透明，他摇摇欲倒，眼看着就要从这场剑意与战势的比斗中败下阵来。

然而黑夜里，却忽然下起了晶莹剔透的小雨。雨水如万彩琉璃，填补马身，这匹本来以黑暗铸体的巨马，却渐渐幻起了梦幻般的五光十色。

“一夜琉璃雨，饮马长窟行。”

叶琉璃终于捏碎了心魔，携“琉璃指”，加入了这场天下大势与朝歌封神的对决。

第二十六章 魔现封神

当古剑"朝歌"的剑鸣声响彻整个应天府的时候，南三不三和邓司哀搭乘的小船已经进入了秦淮河的内河流域。他们二人都听见了犹如穿云惊雷般的朝歌之音，面色不禁都变了。

南三不三没有和白日依山尽打过交道，不过他对于"朝歌"的熟悉，来源于替他打造那把贴身怀刀的铸刀宗师。

古来刀不如剑，所以铸刀匠的名声远远不如铸剑师。相传上古时期，轩辕黄帝以玄天金石铸造佩剑，宝剑出炉，名曰"轩辕"。然而炉中尚有余料，高温未散，尚是流质的材料自发流向炉底，冷却后自成刀形。

轩辕黄帝惊其刀意噬天，欲以轩辕剑毁之，不料此刀化为一只红色云雀，变成一股赤色消散于云际之间。后人惊叹不已，替此刀取名为"鸣鸿"。

后剑器一直行王者之事，象征权贵、优雅，刀则霸道有余，风度不足，以至于江湖中人都以剑为尊，忽视了刀之一器。十六国时期，夏国有铸刀匠铸成罕世名刀"大夏龙雀"，为后世晋文公所持。只可惜在第三次晋楚之战时，"大夏龙雀"败于名剑"湛泸"，刀客与剑师之争，自此便落下帷幕。

后来徐夫人、欧冶子、包括长孙大娘这些铸剑大师的成名，都与这段刀与剑的历史分不开关系。剑之一器，在武林中的声望一时无二。无数剑客崛起，剑术品类更是层出不穷。而刀法，就很少有人问津了。

其间有很多铸刀匠将技艺世代传续了下来，不过由于对刀感兴趣的人本来就少，再者练刀之人多是庸才，这些隐姓埋名不为人所知的铸刀名匠也并没有什么作品传到后世。

直至南三不三抛头露面，以一手深不可测的刀法冠绝天下，才重新引起了世人对刀法的兴趣。南三不三深入十万大山深处，寻找到当年铸造"大夏龙雀"的一代铸刀名匠的后人，求其打造一把可以贴身怀藏的短刀。

这时候江湖中人才知道，原来在十万大山里，竟还有一个名叫"刀无用"的铸刀铺。铸刀匠夏无用为南三的刀法和诚意说服，以赤炼精铁为他打造了一把一尺三寸的短刀，名曰"毗卢"。在铸刀期间，他与南三闲谈，聊到过他曾去长孙大娘的"雪隐炉"与其切磋铸造技艺。其时长孙大娘正在铸造古剑"朝歌"，便现场演示胜于口舌。夏无用赞叹长孙大娘铸剑技艺如"疏影横斜水清浅，暗香浮动月黄昏"，已臻妙造自然之境。

他亲眼得见"朝歌"出炉，剑歌清越，响彻云霄。长孙大娘本人也是得意不已。夏无用走到炉边，炉内还有余料未尽。他伸手入炉，引余料流入炉中，在余温散尽之前以重锤击打，片刻间雏形已成，霎时间"雪隐炉"刀气割体，霸道纵横。夏无用正待将刀器雏形过水，岂料古剑"朝歌"自动出鞘，一剑击碎了刀形。

他告辞而去，长孙大娘罕见地将他送出三里之外，见他背影消失，才长长地舒了一口气。

夏无用将短刀"毗卢"递给南三不三，说这将是他铸造的最后一把刀了。他只对南三有两个要求，其一，以此刀行侠义之事，莫要玷污他大夏铸刀的名声；其二，便是在机会来临时，会一会长孙大娘的那把古剑"朝歌"。

南三不三听见了这响彻云霄的剑鸣，与夏无用描述的一般无二。他皱了皱眉，说道："没想到连白日依山尽都出手了。简郎他们不知能不能应付。"

邓司哀说道："水路最快，还有大约半柱香时间就到了。"

南三不三沉默了一会儿，从怀里拿出那把遗世之刀"毗卢"，蓦地对着剑鸣声传来方向的长空一刀劈去，随即收刀入怀。船身微微一沉，前进方向的水流竟自动分开，犹如被切割成两半的流动大地。

叶琉璃以指尖捻碎了突如其来的心魔，感到自己真正进入了古井无波的心境。她隐居山林数年，精修"琉璃指"，便是为了寻找到这样的境界，并迈入其中。她的"琉璃指"吸纳百家指法，自创"花、鸟、鱼、虫、人、兽、鬼"七诀，经过数百次演练，七诀已臻完善。然而她却隐隐然觉得，这七诀只是"琉璃指"的开始，她就像一个初窥门径的学生，等待着这指法的自由生长传授她更多的心得。

在她眼中，"琉璃指"已经有了自己的生命。

不过她却始终进入不了那一重古井无波的境界。长久以来仿佛看见了虚掩的门扉之后飘渺的影子，可自己却就是迈不开那最后的一步。

她现在才知道，根源是她根本没有接受真实的自己。她在心中，还把自己以世家小姐自居，在其虚伪的端庄谦和下，却有着令自己抗拒的心性。诚然这世间人多虚伪，不过这世间，又有多少人能够窥得武学至境。

一个不诚于己的人，又怎么能醍醐灌顶，领悟武学之道。然而布边的死，却让叶琉璃直面本心，揭开尘封的心绪，对着自己的痛处猛下杀手。

所以她释然了，与自己和解了，她睁开双眼，眼见即为心见。

她丢开恍然若梦的前尘，抛弃泡影婆娑的未来，她如轻烟，若琉璃，款款走来，与迟简郎并肩，对着白日依山尽的"朝歌封神"，无悲无喜，无爱无恨，将手中、指间、指尖累赘的红尘，如与往事告别一般地弹了出去。

"花、鸟、鱼、虫、人、兽、鬼"，七诀连弹，一诀有七个变化。这七七四十九指，便如弹落飞花、轻雨四溅，在瞬间袭到了白日依山尽身前。

白日依山尽感受到了压力。他未曾料到迟简郎会有如此之强的战力，更没有想到刚才还被自己玩弄于股掌之间的叶琉璃，竟像是完全变了一个人似的。

万丈鹿台被琉璃黑马冲撞，已然摇摇欲倒。从空中垂下的大手也被黑夜巨马奋力咬断，眼看着"朝歌封神"便要在一片闪烁着琉璃光彩的黑夜中寿终正寝。站在鹿台之上的持杖人闷哼一声，突然将手中法杖扔入了虚空。

白日依山尽双手举剑，长剑指天，白色的衣袍自衣角下摆起开始变黑，竟然有往上蔓延之势。

他双目瞳孔黑的出奇，衣带根根飘起，口中缓缓念道："魔现——"

天幕再也撑不住巨大的力量而开始垮塌，长夜里的群星闪烁着妖异的光芒，纷纷从碎裂的空中跃下，镶嵌在摇摇欲坠的空中楼阁的断裂处。随着群星的嵌入，万丈鹿台重新恢复稳固，夺目的星光环绕周身，竟如异世的神境一般。

在这样的天幕下，就连刚才璀璨的琉璃也失去了色彩。黑夜巨马忽然感觉到恐惧，它发现在碎裂的天穹之上，竟有一只魔气缭绕的眼睛在一瞬不瞬地盯着它看。如此广袤无垠的夜空，居然只能容纳这一只眼睛！

迟简郎觉得自己的五脏六腑已经开始出血。他与白日依山尽硬拼了这几式，已经出尽了全力。身旁的叶琉璃比他也好不了多少，四十九指弹出，也已经是强弩之末。

正在此时。

一直被忽略的那顶坐着燕泊月和乌兰的轿子的轿帘动了一下，乌兰飞身而出。迟简郎心中一喜，心想有乌兰的暗器从旁协助，自己还有与白日依山尽一战的余地。

然而就在下一个刹那，他和叶琉璃都觉得，大事不好！

乌兰的身法如空中柳絮，轻飘飘地落在了两个人的身后，双手中各持一根乌龙刺，快速而准确地插入了二人的后心要穴。

迟简郎软倒下去的时候，看着乌兰那张毫无表情的脸，脑中闪过一幅幅画面，猛地心中一惊，不由自主地说道："原来空气他们三个是你杀死的！"

乌兰没有理她，只是对着白日依山尽说道："不能再拖了，速战速决为好，隐杀者已经往这边来了，此时不宜与他再战，我们赶紧离开此地。"

白日依山尽慢慢收回剑势，抬头看了眼头顶上的天空。一道看不到边际的刀斩将自己头顶的风云全部劈断，连长空都好像裂成了两半。他口中喃喃自语，正要走上前去杀了迟简郎三人，突然听到轿子里传来燕泊月的声音："住手！带他们三个上路，还用得着。死去的尸体全部扔进河里，速速离开此地。"

　　白日依山尽竟没有异议，收起手中的"朝歌"，对着迟简郎三人说道："算你们命大。"他复又抬头看着一刀碎云的刀意，小声说道："隐杀者，你我终有一战。"

　　当南三不三和邓司哀赶到的时候，只剩下满地的鲜血，和一口破碎的古琴。

第二十七章 原来今日 已是立秋

蓝玄镜醒来的时候，窗外正在下着小雨。雨滴打在精舍的屋瓦上，发出了雨本来应该有的声音。

他特别喜欢观雨、听雨、品雨。从十几岁开始，他便沉迷于在下雨时什么都不干，只是看着厚薄不一的雨帘，听雨击打在这人世间的声音。

二十几岁的时候，他曾在灵隐小西天附近的竹海之中与强敌对战。还未开始交手，天上便下起了小雨。他借雨势拔剑，在越来越密集的雨瀑中，敌人失去了眼观形势的能力，而他的玄瞳镜剑却是如鱼得水，是遮挡住视、听、闻的暴雨中那双清晰如镜的漆黑的眼。

强敌在那场雨中失去了自己的双眼，而蓝玄镜听着大雨击打在竹林间的声音，却觉得这不是真正的雨声。后来他又在浩瀚的森林里，无边的沙漠中，甚至是望不到尽头的大海上听过雨声，不过都令他十分失望。与其说那是雨声，倒不如说是森林、沙漠、沧海被雨击打时，发出的深藏在其巨大的身体内的、深不可测的咆哮。

他起身，坐进值日僧依惯例为他准备好的内有热水的风吕里。水的热力从脚底升起，经过小腿，至大腿根部，越过会阴、小腹、肋间，到达锁骨后旋转向上，经过面部五官，至太阳穴，最后汇聚到头顶百会穴，颓然四散，重新沿来时的路径回到足底。

如是几次之后，他昨天喝的"入凡尘"和"苦海醉"的酒力，便渐渐从体内挥散在水中。

窗外的小雨丝毫没有要停歇的样子，池塘里的青蛙被雨滴打的烦了，"噗通"一声翻身跳入水中。他心中算了算日子，原来今日已是立秋了。

一场秋雨一场凉，这场雨下完，灵隐寺里的知了，应该都不会再鸣叫了吧。他盘算着，今天要去寺后园的地里摘两个西瓜来吃，晚上让厨房的僧人给加两个菜，他再去买两壶"仙居醉"，叫上观澜和七茉，便在自己这小小的禅房里，共度这多雨的立秋。虽说立秋并不是什么重要的节日，但是在这平淡如水的寺院里，就连一个节气，都已经算的上是往如镜面一般的湖水里扔进去的打破沉闷的石子了。

他从风吕里起身，擦拭干净身体，换上事先准备好的柔软、舒适的衣物。推开房门，雨水里夹杂着泥土和树叶的味道，不禁令他精神一振。他并没有按照每天的习惯直接走向饭堂，而是穿过回廊，走过大悲楼、药师殿，再穿过一个回廊，来到罗汉堂背后的一处隐秘的禅院。

院门外有僧人值守，见他来到并不阻拦。他径直入院，穿过天井，惊起了天井里十数只正在啄食被雨水打落的桂花的麻雀。转入屏风之后，眼前便是一处年头颇老、岁月留痕的禅房。这正是灵隐寺历届住持所居住的地方。

他并没有敲门，直接推开了房门，房门正对着的窗户开着，七茉主持正坐在窗户下，看一卷古老的梵文经书。她连眼都没抬，用食指和拇指拈起一页经文翻了过去，淡淡地说道："蓝大先生的战意惊走了我院中从未被惊走的禅悟雀，想来今日免不了要出手一战了。"

蓝玄镜不紧不慢地说道："正是来知会大师一声，寺外已有客人来访。小徒观澜已和他们发生了冲突，蓝某可能也会出手。"

七茉住持看着经书没动，依旧淡淡地说道："该来的总是要来。这是你蓝大先生命中该有的一劫，也是我灵隐寺应该面对的因果。没有你蓝大先生，灵隐寺举寺上下可能在十几年前就灰飞烟灭了，所以今时之劫数，七茉当是与蓝大先生共进退的。"

蓝玄镜施了一礼，说道："多谢大师。"他转身想走，忽然想起了什么，又转过身来对着七茉说道："今日已是立秋了。等此间事了，蓝某想请七茉大师共进晚膳，灯下饮酒谈禅，岂不妙哉。"

　　七茉这才抬起头来，喃喃道："原来今日已是立秋了。"

　　蒋玉衡站在灵隐寺外距离大约五十丈的凉亭里，正在用那支千里镜观察着寺门外的情况。他和"山"、"凝"二人于昨晚在杭州汇合，今日一早，二人便迫不及待地要到灵隐寺来，领教在剑道一途中宛如无上神祇的玄剑——"法眼"。

　　他和"山"、"凝"二人说的已经很清楚，此行的目的只是为了窥探一下蓝大先生剑术之深浅，并不是生死相搏，达到目的便全身而退，绝不再做停留。可阙山与海凝却兴奋至极，蒋玉衡真的不知道他们是不是完全明白了这次行动的含义。他只能苦笑着看着他们二人往灵隐寺纵越而去，自己站在这隐藏在繁茂枝叶之后的亭子里细细观察。

　　不流对他的要求只有一点：远离战场，离得越远越好。

　　就连不流自己都知道阙山和海凝难以约束，他曾对蒋玉衡说过，"空山凝云颓"五个人里，也就只有梁空最好掌控。而强如"颓"和"云"二人，本就是以不流为敌，在他身边每日伺机攻击他，直至获胜才会罢手。

　　不流也允许他们二人偷袭自己，而代价便是要成为自己麾下五大高手，替自己出力做事。

　　不过阙山和海凝却又不同。蒋玉衡曾经在大象阁可以阅览的卷宗里查看过这两人的资料。在他们的资料之上，却是被不流用朱笔着重划出来的一个人物详细调查，那便是他们的师傅，人称"大荒老人"的端木荒。

　　端木荒的来历十分神秘，就连大象阁那么巨细无遗的卷宗里都没有他的半点资料。关于他的生平事迹，蒋玉衡只看了几件便已叹为观止。

　　首先是他奇迹般崛起于武林，无门无派，无师无徒。那时候，武林中公认的天下第一人，便是剑客关墨无疑。端木荒初入江湖，便挑战关墨，关墨初时对他毫不理睬，以为只是初入武林的好事无知之徒。岂料端木荒见他不理睬，便开始挑战其他剑客，直到关墨再一次听到他的名字，他已经是名震江湖的剑客杀手了。

关墨随后接受了他的挑战，二人相约在云台山红石峡一战。江湖中有好事者欲观此战，不料当日云台山大雨，急雨过后红石峡间水雾弥漫，赶来观战之人无法找到二人踪迹。正在诸人迷茫之际，突然眼前有剑光一闪，如撕裂水雾的惊雷，随后众人又听见了山崩海啸之声，正在心摇神旌之际，剑光连闪，连天空仿佛都被撕裂，红石峡的岩层开始震荡，山涧中的流水竟然凝固起来。

这一战后，关墨行走江湖时，已从"天下第一人"的称号改为"天下第一剑"。而端木荒则在武林中销声匿迹，传闻他寻仙山，入沧海，不再问江湖事了。

他五十岁以后才收了两个徒弟，一男一女，都是他在海外游历时从异族人那里领养而来的。

在厚厚的卷宗里，关于这两个弟子是如此描述的：

"阚山，男，年龄不详，为波斯胡人，卷发碧眼，性情豪迈。得端木荒绝学'山海经'之'山字部'，出手威猛无俦，曾破去少林金刚不坏神功和密宗'万象雷身'，战力评定级别为超一品。"

"海凝，女，年龄不详，为高丽鲜族人，性情粗犷，能饮酒斗余。得端木荒绝学'山海经'之'海字部'，擅长在水边及有水的地方出手，曾以一己之力格杀三位门派宗师，战力评定级别为超一品。"

他们二人因为是异域族人，不太守中原礼法，性情随意，做事全凭一时兴趣。不流收服二人后，对他们也很是头痛，蒋玉衡之流，更是约束不了他们。

蒋玉衡看到，阚山还没到寺门前五丈的距离，便被一个身背长剑的女子拦住。二人说了几句话，便动起手来，阚山并没有出力，那女子也未拔剑，只是以剑鞘攻击，海凝远远地站在一边，显然并无意与阚山携手对敌。

蒋玉衡不由得苦笑起来，这样一来，不知道此事会被这二人搞成什么样的局面。

第二十八章 他山之石 可以攻玉

鱼观澜从未遇到过这样的对手。

她清晨做完早课，便在寺院里的荷花池边吐纳剑气。察觉到有两股极不寻常的、跳跃着躁动和喜悦的战意靠近寺门，她便停止了剑气的修炼，从寺墙上飞身而出，拦截下来人，这才发现，战意的源头，居然来自于两个异族男女。

更为可笑的是，那个卷发碧眼的异族男子，竟然张口就问她蓝玄镜在哪里，毫无礼数章法。蓝大先生的名讳，又岂是尔等异类可以直呼的。

她呵斥了那个异族男子，那个女人就远远地站到一边，满脸看戏的表情。异族男子有些恼火，想出手夺下她背后的长剑。

蓝大先生曾跟她说过，对待这把剑，要等同于对待自己的生命和尊严。

鱼观澜解下背后的长剑，连带着剑鞘开始刺击面前的男子。灵隐寺是佛门圣地，不到万不得已时，不得拔剑，这也是蓝大先生叮嘱她的。

对面的男子好像很惊讶于她的剑术，不过她看得出来他并没有用全力，只是在闪避间观摩她的剑法，揣测她出手的规律。不过即便如此，他偶尔出手格挡的时候，却隐隐让鱼观澜觉得，整个灵隐都在他的动作下颤抖。

从剑鞘上传来的剧震，使得她持剑的手臂开始发麻。她不得不变换剑势，尽量不与他的肢体接触，只是攻击他身上的空门。而异族男子仿佛看透了她的想法，招招往她的剑身上击去，十数招之后，她觉得形势不妙，撤剑后退，右手握住了剑柄。

鱼观澜终于在一番试探之后，决定拔剑了。

海凝有些不耐烦地跟阚山说道："我们要找的人是蓝玄镜，别在这个小女孩身上浪费时间了。"

阚山回道："她马上就要拔剑了，一会儿就好。这小姑娘剑法好得很哪！"

　　说完，他兴奋地盯着鱼观澜握剑的手，那只手白皙、温软，手指细长，怎么看也不像一只握剑的手。他看着这只手拔出了那个用黑布裹住的剑鞘里的剑，兴奋之情却在陡然间化为惊愕。

　　鱼观澜拔出了长剑。剑锋如眼。

　　阚山与海凝在一瞬间觉得悠悠天地仿佛无处藏身，从上到下、从左至右、从东往西，从里到外，全身上下无一处不在剑锋里的那只眼中。

　　这种感觉很不好受，别说想做些什么，就连心里的想法，好像都被看得一清二楚。

　　阚山第一次在对敌时有这样的感觉，他莫名地有些恐惧，有些不安，有些不知所措，然而这些情绪汇聚到一起，却成为了他口中的哈哈大笑。他浑身的血液沸腾起来，每一次对决，他都在追寻着这样的恐惧、不安和不知所措。他知道，这些正是寻找敌人的前提。

　　如果敌人在你面前你都那么淡然、自信、稳操胜券，那么这样的敌人充其量也就是个暂时的阻挡而已。能让人觉得不确定、不安、不自信的敌人，才是可以让人血脉贲张的对手。

　　阚山收起了轻浮、夸张的姿态，以一种如临大敌的态度，开始走向鱼观澜。他每走一步，便和脚下的灵隐山丘多融合一些，走到鱼观澜面前时，仿佛是整座灵隐站在她的面前。

　　鱼观澜出剑。这一剑没有刺向阚山、没有刺向海凝，没有刺向在她面前任何有可能会伤害她的存在，这一剑好像并没有出剑的目的，只是那样随意地刺了出去，刺进空间与时间的拐角、风与光的缝隙、长空与雨云的接合处。

　　一剑没入这一剑与下一剑的空白，然而变化却随之而来。与灵隐山丘已经融为一体的阚山从消失的视野中又一点点显现出来，贴附在他身体表面的岩石和树木不断碎裂，他像一个被硬生生挤出来的根系，顽强地还想沉入大地之下，然而泥土与他已经失去了联系。

这一剑，切断了阚山与他脚下山丘的联系，使得他"山字部"的绝学"山为一体"竟然无法施展！

阚山不禁有些失色。他数年前以"山为一体"和"山为之开"两门绝学，活活震死了少林寺号称"不灭金刚"的怀让禅师，又远赴西域，挑战西藏密宗黄教的宗迦上人，以硬碰硬，以刚破刚，击散了他数十年"万象雷身"的修为，最终成了一个废人。

端木荒传他的《山海经》"山字部"是世间刚猛武学之极致，他也天赋异禀，自幼便十分适合修习这部武学。然而他从没有遇到可以将他与自己所修行的武学战意切断联系的剑术，就连他败在不流手下，被不流收服的时候，都没有这样的情况发生。

这是什么剑法？

鱼观澜没有收回剑势，这一剑仍然横亘在第一剑与第二剑之间，这空白里有一些人的肉眼无法看见的东西。

她张口，轻轻吐出几个字来："世间凡此种种，无不入我法眼。"

阚山突然笑了。他身形高大，比寻常中原人差不多高出一个头来，宽肩细腰，双腿长直，身材一看便是个练武的好材料。他笑得很好看，在雨里是一捧盛开的热情。

他对着鱼观澜行了一礼，说道："之前多有冒犯，还望姑娘恕罪。在下阚山，前来拜会蓝大先生，不知姑娘与蓝大先生是否相熟？"

鱼观澜见他突然彬彬有礼起来，心想早这样多好。她长剑归鞘，也微微抱拳，答道"在下鱼观澜，是蓝大先生的亲传弟子。"

阚山又问："那这么说，姑娘刚才所使的剑法，便是蓝大先生的'玄瞳镜剑'了吧。"

鱼观澜的面目在清晨的小雨里愈显清秀。她点了点头。

阚山笑得愈发开心，看到他的笑容，就连鱼观澜在清晨雨中略觉阴郁的心情都不知不觉开始变好了起来。

"如此说来，不过了姑娘这关，蓝大先生恐怕也不会出手赐教于在下了吧。"

鱼观澜眉头一挑，说道："你还是要打吗？"

阚山笑道："姑娘的剑法，令在下叹为观止。所以，你理当获得我的尊重。然而，在下还是不自量力，想试一试到底是姑娘的技巧更胜一筹，还是在下的绝对之力略擅胜场。"

他未等鱼观澜说话，紧接着说道："姑娘小心了。"

站在一边的海凝口中喃喃自语："这家伙终于认真起来了，唉，浪费时间他倒是真不含糊。"

蒋玉衡看到鱼观澜拔出了那把长剑的时候，便认出了这把剑正是那把名震天下的玄剑——"法眼"。之后鱼观澜一剑刺入玄妙莫测的空间肌理，瓦解了阚山的攻击，不禁让他感叹，蓝玄镜的传人年纪轻轻，居然已经如此了得。

他正想发信号召回阚山与海凝，因为他觉得根据鱼观澜的实力表现已经大抵可以推断出蓝玄镜的武学境界，不料此时的阚山，才刚刚动用了"山海经"的真义。

他手里的千里镜镜片"哗啦"一下崩碎了。蒋玉衡苦笑着摇摇头，飞身后跃，他之前所在的凉亭在下一刻便乱石崩裂，摇摇欲倒。

阚山还没有出手，可整个灵隐都仿佛快要被绞碎。鱼观澜在逐渐破碎的空间里屹立如一座奇峰。她拔剑，"法眼"第二次出鞘。

阚山动了，他身周的空间猛然爆裂开来，爆碎的空间里有一只拳头，一只蕴含着绝对力量的拳头，这拳头像一座山，压在了"法眼"和鱼观澜的身上。

他山之石，可以攻玉。

"法眼"在不断碎裂的空间里像一只忽明忽暗的眼睛，正在苦苦地寻找力量的源头。到底是剑技灵巧，还是力量霸道。

阚山大喝一声，他所站立的地面如蛛网般遍布裂痕。鱼观澜持剑如入定的老僧，任凭空间与地面如何崩塌，都维持着探寻正法眼藏的决心。

终于，阙山的他山之石，攻下了观澜这块璞玉。就在鱼观澜手中"法眼"脱离了她的五指之时，她心中第一个想到的，便是蓝大先生跟她说过的那句话：剑不离手，如十指连心。

"师傅，观澜尽力了。"她倒下的时候心中如是想。

可就在"法眼"脱离她指间的那一个刹那，另一只干燥、稳定、修长的大手，便执住了"法眼"的剑柄，她软倒在另一个人的怀里，耳边传来低沉如禅心的熟悉的声音："师傅知道了。"

是蓝大先生来了。鱼观澜心头一宽，便晕了过去。

"法眼"在蓝大先生手里，蓝大先生出剑。一剑如当头棒喝，如拈花微笑，如四大皆空，如玲珑妙心。

这一剑刺在了阙山的拳头上，就像佛祖用手指头在这无尽尘世的额头上点了一点。

所有的空间恢复了原貌，大地不再龟裂，被空间吞噬的雨水回到了平滑的镜面，依旧那样不疾不徐地降下来。

阙山如受重创，往后倒纵十数丈远，才卸去了这一剑之力。海凝飞身上前，查看他的伤势。

蓝大先生缓缓地说道："蓝某观摩你的武功，应当是端木荒的'山海经'了。你们二位，想必就是他的那两位传人。不过你的武功刚猛有余，化解不足，应该只是修习了'山海经'刚猛的那一部分。端木荒当年凭此武学纵横四海，从无敌手，盖因其刚柔并济，阴阳兼修，像你这样只将刚猛练到极致而舍弃融会贯通，在我看来并不是正确的修行之法。"

此时，阙山与海凝二人身后一支旗花火箭冲天飞起，二人也不再逗留，往后纵越，倒翻入林，消失在蓝大先生眼前。

蓝玄镜也不追赶，还剑于鞘，扶着鱼观澜进了寺门。

蒋玉衡见势不妙，放出旗花火箭，召回了二人。三人一路未停，直离开灵隐七八里远才停下脚步。

蒋玉衡问道："蓝玄镜剑法如何？"

阚山与海凝对视一眼，不答反问道："'颓'什么时候来？"

蒋玉衡眯起了眼睛，像一只狡猾的狐狸一般说道："她很快就要到了。"

第二十九章 别怪我不念儿时之情

白日依山尽又重新安排了一辆宽敞的马车，将迟简郎三人装于其内，自己也坐在那辆马车里，看着他们三人。

叶琉璃和迟简郎背后要穴上的乌龙刺没有取下，又被白日依山尽补了几个穴位。南宫立乐本就不能动弹，眼睁睁地被白日依山尽点了穴道，也扔进车厢里。

燕泊月跟白日依山尽说，这三人是江南三大世家的嫡系亲传，用来做人质和诱饵最好不过。白日依山尽觉得有理。他带来的白衣剑客全部死在了南宫立乐的"魔由心生蛇鼠行"之下，他便独自一人坐在押载人质的马车里，只安排了一个马车夫跟随。

燕泊月虽然没有走出车厢外，但是她还是听见了最后迟简郎说的那句话："原来空气是你们杀死的！"

她微微有些伤感。为了这个计划，已经牺牲了太多的人了。空气在她还小的时候便已经是教内叔伯们的马夫。她犹记得在她只有四五岁的时候，经常会跑到教内的马厩里看那些马夫侍弄马匹。

空气岁数大了，却无儿无女，特别喜欢燕泊月儿时的可爱模样，虽然主仆有别，但也经常抱起她让她抚摸骏马的鬃毛和脸颊。每当燕泊月的贴身女侍气喘吁吁地追到马厩里的时候，空气往往正在和燕泊月分享着一块马奶饼。

后来燕泊月获得自己生平第一只小马呼桑的时候，也是由空气帮她挑选，并精心培养的。教内这么多马夫下人，她也只是和空气感情最深。此次南下，空气主动要求赶马并保护燕泊月，他舍不得她，所以要送她去，他想也许以后都没有见面的机会了吧。

至于燕笑我为何要安排燕泊月去杭州灵隐，他一直没有想明白。难道她的三个哥哥还会害她不成？不过空气知道，不该问的事情绝对不要多嘴。

燕泊月还记得那晚空气死在她面前的时候，两眼瞪得大大的。她不知道空气有没有认出她来，她所站的角度委实是漆黑一片。但是她从空气死去的眼睛里看到了惊讶、绝望和愤怒。

乌兰把乌龙刺从他后脑里拔出来的时候，她仿佛听见空气的嘴里发出了一声喟叹。那是一个声音很低的叹息声，如果不仔细听，会很容易就被窗外风吹在树叶上的声音所掩盖。

但是她不但听见了，还听的那么清晰，她想，那是空气想说却没有说出口的话。本来计划中便有杀死马夫和随从的安排，空气和随从没有死在济南府的混战里，那便只好由她们自己动手。只是后来地藏党的出现以及隐杀者的失踪是她们完全没有预料到的，乌兰和她只能不动声色地将重任转移到迟简郎身上，不料迟简郎的实力完全超乎了她的预料。

燕泊月又想到了她的额齐葛。"额齐葛、爹、燕笑我，我到底应该如何称呼你是好呢？你养育了我这么多年，视如己出，就连额赫当时告诉我亲生父亲的事的时候，我都义无反顾地为你辩解。我一直将你视为亲生父亲，我的额齐葛，准备用我的一生回报你的恩情，可你，怎么能做出那样的事情？！"

燕泊月又想到了那个梦。她的额赫开心地笑着，突然间从怀中掏出匕首，毫不犹豫地刺入了额齐葛的肋间，拔出来，再刺进去！血染红了刀刃和她额赫的手，她额赫转过身来，朝儿时的她走去，竟要连她也一并杀了。

"如果我们能一起死，该多好。"她在心里小声说道。

这时前方马车突然停了下来，她感到一种异样的情绪出现在马车的前面。这情绪里有嫉妒、忿恨、不甘、恐惧，让她觉得竟在这异乡，有了如见亲人的熟悉之感。

燕泊月瞬间从悲伤的神思间平复下来，乌兰看着她，等待着她的命令，因为她无论上一刻有怎样的情绪波动，一旦遇到事情，立刻可以做到如古井无波，从未有过判断上的失误。这也是乌兰信服她、愿意为她效力的一个原因。

车窗外响起了白日依山尽的声音："车前来了四个人，两男两女，身手不弱。"

"有劳先生了。泊月想自己下车一见。"这是她遇敌时首次要亲自下车。

白日依山尽也愣了一下，但觉得她不会做无用之事，便没有说话。

燕泊月在车里整了整自己的仪容，推开车门，下了车站在车厢边，看了眼站在车前的四人，缓缓地往其中一个一身黑衣的男子走去。走到距离他大约十步远的地方停下脚步，施了一个边塞家族式的礼仪，幽幽地说道："阿哈，其塞白努。"

黑衣男子"哼"了一声，说道："乌很笃，其赛白努。"

这黑衣男子便是燕泊月的大哥燕周了。

他和"虎鹿羊"三圣伤在艮阿的奇剑"诗隐"之下后，休养了几日，伤还未痊愈，便来到这进入杭州府之后必经的官道上阻截燕泊月。

他的剑伤还未收口，一大力拉扯伤口还会隐隐地出血。这痛苦连带着仇恨，在第一眼见到燕泊月的瞬间便迸发出来了。

他冷冷地说："没想到我们兄妹二人，竟在这偏安的南国杭州相见了。"

燕泊月看着远处若隐若现的灯火，风里传来西湖边鸬鹚捕捉湖里游鱼的声音。"原来已经到杭州了，"她心里想，"那么，此趟远行，也快要结束了吧。"

燕泊月轻轻地拢了拢被风吹乱的头发，说道："泊月也正是如此想。只是不知大哥此行杭州来见泊月，是不是还有事情在边塞没有交代清楚？"

燕周怒笑道："真是好定力！我问你，爹给你的令牌，你放在何处？"

燕泊月说道："爹给我的令牌，我自然妥善保管起来。大哥问这个干什么？"

燕周说道："爹哪里是你能叫的！你根本就是那个女人和长孙增荣的女儿！爹在世时疼你宠你，我不好说，现在爹不在了，你在我燕周眼里，就是那个女人和长孙的孽种！你不配拥有那块令牌，快把令牌交出来，不然，"他眼里闪烁着杀气，一字一字地说道，"别、怪、我、不、念、儿、时、之、情！"

燕泊月垂下双手，任长发在风中飞舞，莫名的有一种律动的美。

"原来在大哥心中，泊月早就已经不是妹妹了，委实令泊月伤感。令牌是爹给我的，只是一个面见蓝大先生的信物，与江湖传闻无关。而大哥你收到的中原的眼线的所有飞鸽传书，均是出自泊月的安排，不相信的话，泊月可以背给大哥听。"

她在渐晚的天色里，双眸尤其的明亮。她看着燕周难以置信的表情，笑了起来，像西湖边一抹晚霞的飞去。

"不是泊月看不起大哥，大哥可知道，就连爹的死，都是泊月安排的，大哥觉得自己比爹如何呢？今日泊月敢将这些话统统说与大哥听，便说明泊月有让大哥今日无法活着离开此地的把握。大哥走了以后，泊月等此间事了，便会返回边塞，将大哥准备手刃亲妹的事情公布于众，顺便收拾掉二哥和三哥，收回燕云教教主之位。相信凭泊月的能力和手段，以及三位哥哥密谋暗杀泊月的事实，教内诸老一定会支持泊月的。大哥你说是不是？"

燕周的身体不自觉地颤抖起来。他从没发现自己眼前看上去娇柔清纯的小妹，竟然隐藏的如此之深。他的后背不禁有一道凉气升起。"难道，我这次来杭州，也是在她意料之中的？"

他努力压制住自己的情绪，指着燕泊月说道："你现在说这些又能如何！我和'虎鹿羊'三圣岂是你能对付得了的！"

燕泊月渐渐收回笑容，暮光下她的眼神亮如明星，也冷若冰霜。

"刚才大哥说，不念儿时之情。说来也是惭愧，其实，泊月从来就没想过要对大哥手下留情。"

她看了白日依山尽一眼，白日依山尽点了点头，她便掉转身去，重新回到了车厢里。

当燕周和"虎鹿羊"三圣扑过来的时候，发现面对他们的是一身白衣如雪的剑客，和一把名叫"朝歌"的古剑。

　　燕泊月在迈进车厢的时候，便听见了剑锋如肉、血溅洒在刚刚入秋时分的泥土里的声音。燕周的闷哼声和"虎鹿羊"三人的惊呼声在她放下车厢帘布的同时就好像被锋利的兵刃拦腰斩断。那声音遥远的像是从另一个空间里传来的一般。

　　她捂住自己的脸，在车厢里和衣而卧，仿佛车厢外的事情与她再没有半点关系。

第三十章 朱颜空自改

南三不三捡起地上那一尾破碎的古琴，神色凝重地端详了一会儿，把它交到邓司哀的手中，说道："带着这口古琴去苏州南宫家，找他们家主南宫琴，跟他说他儿子被白日依山尽掳走了，顺便也让他通知迟家和叶家，让迟无颜和叶康成也一起去杭州救人吧。"

邓司哀有些不解，忍不住问道："地藏王是如何知晓迟简郎也被掳走的呢？"

南三不三指着地上的车辙痕迹说道："你看，一共是两辆马车。第二辆的车轮印比第一辆的深得多，足见第二辆马车上装了好几个人。白日依山尽如果杀了他们，不太可能还会带着他们的尸体一起离开，所以应该是伤了他们，准备以他们做人质，因此才会有两辆马车。这把古琴是南宫世家的绝世宝贝"绕梁"，应该是南宫琴的至亲之人所带，南宫家的人来了，叶家的人想必也不会不来。白日依山尽不会杀他们，用他们做人质正好可以钳制江南三大世家，在灵隐的令牌争夺中占得先机。"

他话音一转，说道："当然，这些均是我的猜测。希望简郎他们真的没事才好。你速去苏州，不要耽搁了。"

邓司哀应了一声，便急忙往苏州方向疾驰而去。南三不三看着她远去的身影沉吟了一会儿，却并没有沿着车辙的轨迹往杭州方向行进，而是转过身来，望着远处似要没入云端的山巅，下一刻便从原地消失无踪。

在应天府以东，有一座形似鸡笼的小山，古称"鸡鸣山"，又作"鸡笼山"，南朝时为皇家苑囿。明洪武十八年，朱元璋在其上建观象台，上设铜铸的浑天仪、简仪、圭表等天文仪器，用以日夜观星象大势，并将"鸡鸣山"更名为"钦天山"。

后朝廷移都顺天府，钦天山逐渐凋落。左丘飞鸿喜爱此处景致，便与应天府商议，拿下了钦天山从台城脚下至半山腰的土地，修建房屋，开垦农田，整个飞鸿会后来便安置于此。

飞鸿会失势后，应天府几次想要回此处山地，都被左丘飞鸿婉言推辞，后来知府意欲强势收回，却在发兵前夜收到从朝廷里递来的条子，此事便不了了之。左丘飞鸿归隐后，青山依旧在接任，又扩建了一些房屋，所以从台城上望去，密密麻麻的房屋如市镇一般从山脚下蔓延到半山，让人很难想象这个已经失势多年的帮派在全盛时期到底是怎样一副光景。

南三不三在看到这幅宛如盛世的景象时，也不禁在心里暗暗地赞叹了一声。他一眼望去，没有看到一个守卫，然而他知道这才是飞鸿会真正可怕的地方。既然来了，也有可能已经被暗中的守卫发现了，不妨大方一些，所以他并没有躲躲闪闪，而是沿着上山的小径慢慢地往上走去。

四周依然没有一丝动静，山路两边的榉树和杨树上是此起彼伏的鸟鸣。他知道在这座山的后面，便是千年古刹鸡鸣寺，而在鸡鸣寺的东北面，是将主城与吴国水师练兵之地的后湖一道隔开的古城墙。

后湖在南朝时一度繁盛，从东晋到梁代，先后有过昆明湖、饮马塘、练湖、习武湖、练武湖等名称。隋唐以后，随着都城的北移，后湖逐渐衰落下来。

明洪武十四年，朱元璋选中后湖作为朝廷黄册的存放地，建后湖黄册库，禁止百姓进入，至此，后湖与世隔绝，就连在应天府盘踞多年的飞鸿会，都没有进入后湖的资格。

南三不三在行走的同时，想到这些掌故，顿时明白了左丘飞鸿要将飞鸿会定址于此的意图。他是要表明，虽然朝廷已经迁都顺天，但飞鸿会与朝廷，始终只有一墙之隔。

他想到这里的时候，从自己行进小路的正前方，突然出现了一个身影。这身影来得好快，以他的目力都未能看清楚来人的面容，只觉得眼前红影一闪，一杆通体红色的长枪已然袭至他的身前。

　　四周树林里的群鸟全部冲天飞起。红色的长枪犹如划过白云苍狗的雕栏玉砌，犹如岁月里从未消失过的赤热的人心。这一枪在午后的斜阳里携带着从古鸡鸣寺里远远传来的钟声和城墙后被风吹动的湖水里隐隐泛起的潮气，像怎么样也摆脱不了的怀念和令人泪目的旧时风情。

　　南三不三知道这一枪之高明，比之昔梦在秦淮河上那一剑有过之而无不及。可他依然没有拔出他的怀刀"毗卢"，只是静静地站在原地看着这一枪掠上他的额发。

　　面前发须乱舞，而枪已经不在眼前。一个红衣大袍的中年人站在他身前，眼中尽是激赏之意。

　　"你为何不躲？"

　　"因为你根本没有杀意。"

　　红衣人微微一笑，说道："南三不三，还是那个南三不三。"

　　南三也微微一笑，说道："朱颜空自改，依然朱颜未改。"

　　红衣人袍袖一拂，笑道："来，随我上山饮茶。今年新摘的雨花尤其好，你一定要多饮几杯。"

　　半山有一处躲避日晒的凉亭，南三与朱颜空自改坐于凉亭里的石桌两旁，自有下人送来一壶刚刚冲泡好的的山顶极品雨花茶。墨绿色的紫砂茶壶以白楠木的托盘奉上，两只轻巧的单耳紫砂茶杯分置于茶壶两侧。

　　朱颜空自改倒满了两杯茶，邀南三共饮，南三不三仰脖饮下，只觉茶香扑鼻，唇齿生津，不由得称赞道："好茶！"

　　朱颜空自改用手指把玩着茶杯，说道："此茶乃钦天山上茶园种植，采摘时留下每株茶树最顶上十片茶叶，加入八角和桂皮高火快速翻炒至淡青色，剔除其中的香料后，以少女十指揉捻，去梗，方能炮制。此茶一年也只有两斤半的分量，你再来迟一些，恐怕都被我一个人喝光了。"

　　南三笑道："世兄仍然如此爱茶，南三可不敢夺你所爱，世兄还是多喝些。"

朱颜空自改正色道："你我是过命的交情，何来这么多礼数。当年我在两湖执行任务时托大中毒，要不是你及时出手相助，我今天还真的未必能够坐在这里与你共饮这极品雨花。"

他放下手里的茶杯，意味深长地说道："不过我也知道你今天并不是来找我饮茶的。说吧，究竟所为何事？"

南三不三看着他的眼睛，说道："那南三就直话直说了。白日依山尽劫持了燕笑我女儿的马车，还伤了江南三大世家的亲传子弟。你们飞鸿会居然也会趟这趟浑水，倒是十分出乎我的意料。我以为以飞鸿会当年的名声和底蕴，是断不至于做出这等行径的。"

朱颜空自改眉头一挑，淡淡地说道："此事与你有何关系？"

"我答应了燕笑我，要护送他女儿平安到达灵隐。"

"一个死人的托付，真的有那么重要吗？"

"重要。"

朱颜空自改面无表情，突然站起身来，大袖一卷，说道："茶已经喝过了，你该走了。"

南三不三起身，对着朱颜空自改一抱拳，说道："南三明白了。多谢款待，南三就此别过。"

他转身要走，却又突然回过头来，看着站在凉亭一边负手而立的朱颜空自改，说道："我已经派人去通知三大世家的家主，他们应该即日便会前往灵隐。我南三不三也会尽可能地救出燕泊月一行，保她们平安。世兄如若也要去杭州，那么下次相见，你我便是敌人，南三会尽全力，也请世兄莫要手下留情。"

说完他身影一闪，已跃出去数丈远，很快便消失在朱颜空自改眼前。

朱颜空自改看着他远去的身影，依然没有任何表情，只是听见"啪嚓"声响，凉亭里石桌上的茶具怦然爆碎，泛着香气的茶汤溅了一地。

第三十一章 起点与终点

草原上刮起了从未有过的、剧烈的风沙，大雨连着下了几天，中途完全没有停歇过。这是自燕泊月记事开始，在边塞遇到的最大的、持续时间最长的暴风雨。

额赫告诉她，就算在她的记忆里，也不曾有过这样没日没夜的狂风暴雨。

刚刚得到小马呼桑的燕泊月刚满十五岁，这几日她和她的呼桑一样无精打采，风雨太大了，哪儿也去不了。她只能待在她额赫的锦绣大帐里，看她额赫用中原的丝线，绣一块锦帕上的男女。

女了身穿绿衣，站在七孔小桥的桥头，支着一把油纸伞，在朦胧细雨中看江南如烟如雾的亭台楼阁。桥尾是一名身穿赭色长袍的男子，面目看不分明，腰间佩着一把长剑，正在窥看立于桥头的女子。

她能看得出来，绿衣女子便是自己的额赫，身材与神韵一般无二。只是那赭色长袍的男子却认不出来，是额齐葛吗？不太像，而且额齐葛出门也从来不佩剑啊。

她问额赫那男子是谁，额赫说，那是她的爹。可她却不相信，说爹可不是长这样。额赫没有与她争辩，只是说，这是自己与她爹第一次相会时的情境。燕泊月心里纳闷，难道爹以前和现在样貌变化很大的吗？

又过了一日，风雨终于停歇了。燕泊月迫不及待地骑着呼桑往草原的开阔地奔去。额赫在身后喊着让她别跑太远，她假装没有听见。呼桑和她都憋得太久，久违的阳光与青草的气息使得人和马都失去了边界的意识，不知不觉间就跑进了草原上与燕云教素来不睦的乞儿篯人的势力范围。

燕笑我并没有将乞儿篯人放在眼里，觉得他们根本成不了什么气候，也犯不着花心思对付他们，只是叮嘱燕泊月在骑马的时候注意，越过守望石和格桑花海的界限，便是乞儿篯人的土地了。

乞儿篾人是从西域来到这片草原上的游牧部落，有他们自己信奉的神和宗教，总数大约数千人，性情暴烈，喜爱饮酒，难以约束、管理、教化。他们初来之时，曾经数次侵犯过燕云教的土地，偷盗燕云教管理下的牧民的牛羊，燕笑我知晓情况后，曾派教内老成的牧民首领前去谈判，却险遭乞儿篾人杀害，拖着重伤之躯逃了回来。

燕笑我大怒，派出两队精英前去围剿乞儿篾人的总部，杀了数十个乞儿篾人，却一直没有找到他们的首领。缘因乞儿篾人生性喜爱游荡，居无定所，就连他们的首领也没有固定的居处。燕云教的人无奈，只得俘虏了几个乞儿篾人，留话让他们的首领回来之后到燕云教来谈判。

岂料乞儿篾人毫不守规矩，也完全不在乎俘虏的性命，在数日之后对燕云教展开了大规模的攻击，乞儿篾人的首领骑着从西域带来的汗血马，领着数百名乞儿篾族的高手冲进了燕云教的营地。

燕笑我在这一役亲自出手，"死水微澜"如从长草里崛起的死亡波动，在一盏茶的时间里格杀了数十个乞儿篾人，当者披靡，直如草原上唯一的真神。局势一面倒的情况下，乞儿篾人首领虽然武功强盛，一人独战燕云教"虎鹿羊"三圣而不败，可看着自己带来的族内高手在燕笑我的手下以不可思议的速度死去，终于在不情愿的情况下撤退了所有族人，愿意和燕云教坐下来就势力范围和约束行为进行谈判。

燕泊月自小就被告知，不可以轻易越过那条界线，进入乞儿篾人的地盘，因为他们粗暴无礼，会对她造成伤害。可这次，她鬼使神差般地骑着呼桑跑了进去，等她意识过来想要回头的时候，却在调转马头的瞬间，闻到了异常浓烈的血腥气和野兽毛皮被焚烧的气味。

禁不住好奇心的吸引，她在思考了一番之后并没有调转马头，而是朝着气味的方向驾驭着呼桑慢慢地走了过去。

走了大约半柱香的工夫，映入眼帘的景象让她大吃一惊。乞儿篾人引以为豪的漫山遍野的帐篷大军，在眼前是火焰余烬里未完全燃烧的毛皮和粗布的残屑。一眼望不见尽头的草原里是数以百计的乞儿篾人的尸体，在阳光不算浓烈的天空下呈现出一种奇异的、泛着死亡宁静意味的、残忍而美丽的画面。

燕泊月从未见过这样的场景，在目睹了这样震撼的画面之后半晌，她才从眼前的景象里缓过神来，蹲在背风的马背后开始呕吐。

呕干净肚里尚未消化完的食物，她在微微吹来的风里隐约听见了有人交手的声音。她站起身，还没来得及辨别出声音的具体方位，已经有一个人从风来的方向，如鬼魅一般的来到了她的身前。

这个人的身法，竟然比风还快！

她没有过多地思索，情形已经不容许她再思考什么。如果这个人就是杀害这数百名乞儿篾人的凶手，那她此时最应该做的，便是自保。

十五岁的燕泊月，在那一个生死攸关的时刻，做出了一个谁也想不到的举动。此时如果有燕云教的人或者燕笑我亲眼得见，一定会惊讶得不敢相信。

一个十五岁的女孩，在长草萋萋的草原上的下风处，对着有可能会对她狠下杀手的神秘人，伸出了自己的双手。

静谧的空间在她的双手下如泛起涟漪的湖面，将如风一般闪现出来的神秘人挡在了她身前五尺之处，不得寸进。

这时，她才看清楚那个人的相貌和衣着。那是一张异族人的面孔，腮下是浓密的虬髯，穿着灰白相间的异族服饰，头上还戴着一顶白色的小圆扣帽。他惊讶于燕泊月的武功，不过他的脸上还有着深深的恐惧。

下一个弹指间，这个异族人仿佛被什么灭世般的大力击中，整个身体软倒在燕泊月的面前。

燕泊月身前的空间依然如波纹一般的散乱，她看见在异族人的身后，居然还站着一个灰布长袍的男子。

那个男人有些意外，他并没有靠近燕泊月，只是颇带些玩味的看着燕泊月，面带微笑地说道："姑娘这一手'死水微澜'，造诣委实不浅呐。燕笑我是你什么人？"

燕泊月说道："他是我爹。"她冷静地像一个久经沙场的老手。

"那太好了，"那个男人突然笑了起来，说道："杀光乞儿篾人，便是送给令尊的见面礼，麻烦燕小姐到时替我做个证明。"

"你是什么人？为什么要讨好我爹？"

那个灰衣男子站在风与光的来处，沉默着停顿了片刻，沉默的仿佛与这片天地都不分彼此，这让燕泊月觉得他似乎也是这草原上的一尊神，而这种感觉，她以前只在她爹的身上感受过。

"空山凝云颓不流，"那个男人说道，"燕小姐以后一定会认识在下的。"

燕泊月蓦然从梦中醒来，乌兰坐在她对面，正在整理身上的暗器。她见燕泊月醒来，张口说道："小姐，你醒了。我们的马车刚刚到灵隐。"

"这趟旅程，终于算是到达了终点。"燕泊月若有所思地说。

第三十二章 而我们 却都老了

蓝玄镜在立秋当晚果真和七茱住持以及鱼观澜在自己的精舍里围桌而坐，一边听着窗外永不停息的蝉鸣和蛙声，一边在油灯下饮酒谈禅，等着立秋当夜的第一场雨。

他当日击退了阚山与海凝，扶着观澜进入寺内，交给寺里的老比丘尼照看，自己则步行去法镜寺旁的酒肆买了两斤"苦海醉"。"苦海醉"委实是好酒，相比"入凡尘"与"仙居醉"，入口更烈，但回甘无穷，饮用时加入灵隐寺里的桂花，绝对是人世间难得一遇的佳酿。

观澜当晚也陪着他饮了几杯，输在阚山手下让她有些闷闷不乐。七茱住持吃了几筷子素菜，便一直以茶代酒，和他聊起了一些旧时掌故。老日子总是美好的，过去的人总是怀念的，他一人饮下了一斤"苦海醉"，不自觉地又想起了那个曾经和他坐在蓝家的花园里，在八月桂花的时节，手挽着手互诉衷肠的女子。

那时天气正好，长空如静止的流瀑，在桂花香味里默默迁徙。他从未如此爱过一个女子，三十年过去，他本以为此生不会忘记她的相貌，可事实却是他每天都会忘记她的相貌多一些。

她的嘴唇是那么的红艳，犹如飞雁传情的纸笺，可她的那颗朱砂痣，究竟是在唇角的左边还是右边？她的眼睛是那么的明亮，犹如午夜中天最亮的那一颗星，可是她的眼睛下面，究竟有没有古典忧郁的卧蚕？

他真的遗忘了。岁月对于他来说，是与他争夺旧时生活的唯一的对手。他并不害怕老去，他害怕的是老去了之后，连过往的人生都在死去。他爱的女人在他记忆中只是一个模糊朦胧的形象，而真正清晰的印象，只有那一天的桂花香味，和看也看不够的秋天。

他还记得她的名字，他不知道自己何时会连这个名字也都忘去，为了提醒自己，他还一直保留着她当年为他绣的香囊，香囊上有她的名字，以金黄丝与白玉丝交织绣成，在红色的香囊上十分惹眼。他曾无数次抚摸这丝线绣成的名字，仿佛在抚摸他一直埋在心底的悲伤。这悲伤无人能懂，也无人愿意去懂。他父亲一剑杀死她之后，还觉得可以及时发现并除去潜伏在自己儿子身边的耳目，应该是一件十分值得庆贺的事情。于是当晚蓝家真的在西湖边的"长笑楼"摆了三桌酒席庆祝奸细被除，他在酒席上连饮十碗"西湖秋月"，醉得人事不省，醒来时独自睡在伸手不见五指的厢房内，悲从中来，大哭不止。

他真的想借着酒意，在七茉住持和观澜面前把这个故事说出来，可他确实不知道该如何开口。观澜坐在自己身边埋头饮酒，还未能走出败在"绝对之力"下的阴影；七茉住持清心寡欲，谈禅论道是个好人选，世间情苦她却不甚了了。

"林棠，棠儿，你可知自你之后，我便没有再对任何女子动过心。"他在心里默默地自言自语。他又倒了一杯酒，嘴上和观澜说着"如何不执着于对手的锋芒，正法眼应当不纠缠于是否攻其弊或守其利，只是着眼于何处便是何处"这样的玲珑妙心，可心里一直摇晃着那个若隐若现的模糊的面孔。

他父亲杀死她时并没有忌讳他，几乎是在他面前将她刺杀。他还记得她死去之时看着他的眼神，亮如明星的双眼逐渐失去了光彩，却不带一丝仇恨、怨愤、阴狠，只有深深的不舍、眷恋、和未来得及倾吐的爱意。

有那么一段时间，他睡着了就能看见那双眼睛，像不断在他眼前重演的真相。他无数次在梦里伸出手去，想去扶起那张失去生气的面容，抹开那双缓缓闭合的眼睛，可梦中的自己，总是无法触摸到那一场似真似幻的结局。

七茉住持好像发现他有些不对，问他为何气息紊乱、悲伤肆意，他以怀念亡父的理由给搪塞过去了。他父亲直到死时，都未能知晓他心中的悲伤，尽管他父亲是如此爱他，可他清楚地体会到，爱与爱之间的误会、独断、自私、敌对，是那样的无法言语并无可奈何。

蓝家在"灭唐"一役中，也是高手尽出，他的父亲及几位叔伯全部战死在唐门。然而他的父亲却劝阻了他和他的兄弟一同前往的要求。

"你们是蓝家下一代的希望，而我们，却都老了。"他父亲站在开阔的天井里，看着水缸里的苔痕，平静地对他说。

他父亲死后，他整个人像空了一般，感觉作为一个人的内在全部烟消云散了。棠儿，杀死你的人也死了，我曾经多么希望他能就那么死在别人的剑下，谁让他如此无情地格杀了你，可直到他真的死在别人手里我才发现，他和你，都是我生命中不愿意失去的挚爱之人。而对他，我更感内疚，因为我曾经那么希望他就此死去。

蓝玄镜分出来一个人格和观澜、七茉在灯下饮酒闲谈，留着另一个人格追思往事，这正是他"正法眼藏"的妙用。他在失去生之意义的时期流浪江湖，放荡形骸，以腰间一柄长剑快意恩仇，醉生梦死，就在他人生最失意之际，却遇到了后来对他影响极大的"法眼宗"宗主悲卫禅师。

"不破不立，如人饮酒。大醉非醉，乃独醒尔。"悲卫禅师一句话点醒了他。

立秋当晚，他饮下了约莫一斤半的"苦海醉"，趁着酒兴，他从精舍的窗户越了出去，以一根枯枝作剑，向观澜演示何为"吾观汝心如观沧海，吾观吾心如鱼观澜"。枯枝所指，皆为心之所至，眼之所见，至于是吾心还是汝心，肉眼还是法眼，早已不分彼此，只是他最后一剑，却指着月色将尽下的一树桂花。

巧就巧在正在此时，立秋入夜后的第一场小雨如期而至，桂花失去了月光，不再在枯枝前明亮。七茉住持和观澜叫他进屋避雨，他这才扔掉手中的枯枝，不知眼睛下方流的是泪，还是被中秋夜的小雨淋湿的水痕。

第二日他醒来，已经日上三竿。值日僧见他沉睡，没有敢吵醒他，只是一早打好的热水，在风吕中已经冷去。他穿好衣服，走到水房里自己打了两桶热水，拎回精舍里，将风吕中的冷水用一只空瓢泼在窗外的池塘里，将热水重新倒入风吕，宽衣解带，坐了进去。

　　这每日早晨的热水澡，已经和饮酒一样，成了他日常生活里不能缺少的一部分。一盏茶后，酒力消散，热水逐渐变温，他便从风吕里出来，重新穿好衣物，走到寺院后面的花园里，看见观澜正在用玄剑"法眼"，刺击冥想和现实交界处的虚空。

　　他看了一会儿，心想时隔仅仅一日，这孩子便能从败中吸取经验，结合自己昨夜的演练，进境神速，不知今日如果再遇到昨日之对手，还能不能取而胜之呢？

　　他在心中正在做着推演，耳边却响起了寺里僧人的声音。原来是有人在寺外求见。他接过僧人递过来的一块令牌，感觉手里沉甸甸的，是上好的寒英铁打造，却并不冰冷，还带着一个人怀里的体温。

　　他把令牌翻过来，正面中间刻着三个篆体的大字，笔法狂放，如走龙蛇，却正是他等之已久的三个大字：燕笑我。

第三十三章 三块令牌

“令牌送进去了吗？”燕泊月轻声地问乌兰。

她初次来到灵隐，觉得周遭一切都生机勃勃，林间的飞鸟此起彼伏，隐约还能听见远处山涧中溪水的声音。桂花的香味无处不在，她虽身处轿中，却仍然被这仙居一般的景色给震慑住了。

“送进去了，寺门口的僧人说他拿着令牌进去禀报，一会儿就出来回复我们。小姐，咱们这么早到了，是不是和原先计划有些出入？”

“无妨，该来的，总是会来的。”燕泊月淡淡地说道。

燕笑我在她还小的时候，曾经有一次和她提起过灵隐。那是一个月朗星稀的夜晚，燕泊月年岁尚小，不知何故在夜里早早醒来，再也无法入睡。她看见燕笑我的大帐还亮着灯，便不愿待在漆黑的闺房小帐里，径直跑进燕笑我的大帐中，让燕笑我给她讲中原的风土。

燕笑我其时正在审阅教内的账目和人员的卷宗，见燕泊月闯进帐中来，颇感惊讶，但还是放下手中的卷宗，将燕泊月揽入怀中，给她讲起了中原的掌故。其间似乎说到了蓝大先生，也提到了灵隐，燕笑我对这位异姓兄弟似乎感情极深，言语间时常夹杂着“吾兄”、“怀念”等词语。

她正在思量间，寺里的僧人已经折返，和乌兰说，蓝大先生梳洗一番之后，便会出来见客，请她们先去大悲楼的正厅吃一杯茶。

白日依山尽对她点了点头，她们两辆马车便驶进了灵隐寺，停在寺里荷花池塘的旁边，僧人准备了草料喂食马匹。燕泊月、乌兰从车上下来，由比丘尼带路，走进大悲楼歇息。白日依山尽下车的时候，有僧人问他：“施主，车上其他人不下来了吗？”他见马车车轮吃重，断定车里还有他人。

"来来去去，自凭本愿，大师这一问，未免有些强求。"白日依山尽缓缓地说道。僧人闻此语，便不再多言。

大悲楼正厅有四张紫檀方桌，每张桌配以两把高背木椅，置于大厅东西两面，燕泊月和乌兰选了西首一张桌坐下，白日依山尽一人一桌。少顷，僧人便端来三杯雨前龙井，佐以寺里精制的桂花糯米糕。

三人将茶水饮尽，吃了几块糕点，这时僧人走进来说，蓝大先生来了。

燕泊月缓缓站起身，脑中浮现过燕笑我对蓝大先生的评价。"狂傲如我，见吾兄面，都不敢说一句不敬之词。吾兄蓝大剑法之高，乃百年不遇之材。吾父曾耳提面命，嘱咐我不可与他为敌，盖因其剑术之精绝，比之当年天下第一剑关墨，亦不遑多让矣。"

白日依山尽紧紧握住了自己腰间古剑"朝歌"的剑柄。他虽然被江湖中人拿来与朱颜空自改和青山依旧在相提并论，并得到了长孙大娘亲手为他铸造的名剑，可在他年轻之时，蓝玄镜已然剑挑江湖，无对无敌。与他曾经交手的"我剑尤怜"卢曾嬓建议过他，在有生之年，应该亲身体验一下蓝玄镜的"玄瞳镜剑"。

而这个曾经是传说中的传说，就要出现在他们的面前、坐在他们对面的桌边、和他们一起喝一杯龙井、吃一块桂花糕了。

从屏风后面，走出来一个两鬓斑白、一身蓝衣、看上去已然知天命的男子。他走的是那么缓慢，以至于每一个人都可以看清他步伐里显出的疲惫和慵懒。没有人愿意打破这样的缓慢，这缓慢在他身上表现得格外优雅，鬓角发丝的凌乱都仿佛是有意为之而与他的一举一动浑然天成。

蓝玄镜没有看燕泊月突然绷紧的双唇和白日依山尽竭力按住"朝歌"的右手。他甚至没有看这大厅里的任何人，只是极其缓慢地走到东首的桌边坐下，喝了一口龙井，将一块桂花糯米糕塞进嘴里。

气氛十分沉静，蓝大先生没有说话，所有人都不便说话。他们在等蓝大先生说话，客人初到主人家，不可轻举妄动。

蓝大先生慢慢地咽下了糯米糕，又端起茶碗来啜了一口茶，这才开口说道："我与燕笑我的交情，不仅仅是异姓兄弟，更是生死之交。"他抬起头来，看了一眼燕泊月，燕泊月心中一惊，觉得自己被这一眼穿透了身体。

"他当年有三块这样的令牌，"蓝大先生从袖中拿出那块令牌，在手中翻转把玩，"第一块令牌，他在应天府被飞鸿会的黄门和绿门伏击，困在头陀岭腹地，黄门门主黄河入海流和绿门门主绿竹入幽径亲自出马，他屡次突破不成，只得遣斥候带着令牌从绝崖险路侥幸逃脱，日夜不停赶到我西湖蓝家，求我出手相助。我当即快马赶到应天府头陀岭，与燕笑我合力击退了黄河入海流和绿竹入幽径，准备将二人斩杀之时，青山依旧在赶到，这才各自收手。现在算来，已经是二十年前的事情了。"

他说着这些剑拔弩张、生死攸关的陈年往事，像在说一件毫不重要的生活琐事一般，语气平和无比，比龙井茶更加淡然。

"第二块令牌，他给了一代铸剑大师——长孙增荣。这其中的缘由，蓝某不便细说，只是听说，和他第四任妻室，艾朴婼有关。"他的眼睛有意无意间扫过燕泊月的面庞，在说到"艾朴婼"三字的时候，燕泊月的表情依然没有任何变化，他心中一凛，已然有了些分数。

"第三块令牌，便是此块了。当年他与我分离，回到边塞，我则住进灵隐禅寺，预计日后相见机会渺茫。他对我说日后若有后人拿着令牌来找我，看在一场异姓兄弟和生死之交的份上，希望我可以予之庇护。"

蓝大先生看着手中的令牌，有些唏嘘地说道："没想到这么快，他与我便已人鬼殊途。江湖人的命运，总不是自己可以掌控的，江湖，却还是那个江湖。"

燕泊月突然开口："蓝世伯。"蓝大先生抬起头来看着她。

"我爹，是被人杀害的。"

"以你爹的武功，这世上还有谁可以奈他何？"

"我爹去世之前，与八分天下堂在河西走廊地区有过数次冲突。我爹临终之前也告诉我们，是八分天下堂的高手重伤了他。不错，我爹的'死水微澜'已入化境，这世上若论单打独斗，恐怕无人可以胜得过他。可是八分天下堂派出了三四名顶尖高手围攻我爹，我爹武功再高，也是双拳难敌四手，最终不得不饮恨在他们拳下。我爹将这块令牌交予泊月，便是希望泊月可以请蓝世伯出手，与我教势力一同对抗八分天下堂，为我爹报仇。"

燕泊月说到最后，已经双眼发红，哽咽不已，手扶住桌角，竟似忍不住就要大哭一场。

"有理。"蓝大先生点了点头，说道，"贤侄女的悲痛之情溢于言表，蓝某感之甚深。不过这件事情说来有些蹊跷。因为在你们来到灵隐寺之前，已经有一个人先你们一步来到寺里，和蓝某见了面，并和蓝某说了很多奇怪的事。"

他嘴角居然浮现出一丝微妙的笑意，颇为戏谑地说道："这其中也提到了燕笑我的死因。他告诉蓝某，燕笑我却是死在他的手下。"

燕泊月陡然停住了哭泣，怔怔地看着蓝玄镜。白日依山尽的古剑"朝歌"颤抖不已，直欲脱鞘飞出，他深深地按捺住剑柄，脸色阴沉地问道："那个人是谁？"

"是我。"

当这个声音响起的时候，燕泊月心中一沉，却没有显现出丝毫的惊慌和诧异，只是很平静地用手中的丝帕擦了擦双眼的泪迹，慢慢地转过身去。白日依山尽也转过身来，看见一个葛袍男子站在天井之中，一棵开的正好的桂花树下。

"你说是你杀的，便是你杀的吗？"白日依山尽手握剑柄，扬声问道。

葛衣男子笑了笑，说道："你可以问问坐在那里的燕小姐，我是谁。"

燕泊月的面容像永远也不会失礼的雕像，柔和而又平稳地说道："原来是隐杀者前辈，泊月还以为您遭遇了什么不测。见您安好，泊月便放心了。只是，"她的眼神里闪烁着晦涩的流光，语气变得稍稍强硬了一些，"家父去世这样的事情，可容不得别人拿来开玩笑。"

南三不三摇了摇头，说道："燕小姐，我本以为你受制于白日依山尽，来到灵隐寺求见蓝大先生纯属无奈之举。谁知……唉。卿本佳人，奈何做贼？"

燕泊月不动声色，说道："泊月不知隐杀者前辈在说什么。"

"作为一个平凡至极的校书郎，在下对燕小姐的敬佩之情已然无法言表。"迟简郎很缓慢地从门外走进天井，走到水缸边时扶着水缸坐了下去。几日来后心要穴被乌龙刺插入，气血受损十分严重，他的身体已经虚弱的无法长时间地站立和行走。

原来南三不三早一步到达了灵隐寺，与蓝大先生会面后十分坦诚，将来龙去脉和盘托出，后得知燕泊月来访，便去查看了他们的马车，果然发现了被制住的迟简郎三人。他解开他们的穴道，拔去了叶琉璃和迟简郎背后的乌龙刺，发现三人气血俱损，但是生命无碍。叶琉璃和南宫立乐已经被寺里僧人送进禅房休养，迟简郎却对他说，自己还能撑得住，于是便在他后一步迈入大悲楼，想看一看燕泊月究竟会如何应对。

南三不三看着毫无表情的燕泊月，有些感慨地说道："我本准备将你护送到灵隐之后便告诉你，燕笑我是被我所伤，以至于撒手人寰的。我在开封约他一战，他很守诺言，准时赴会。与燕笑我对战，谁敢不倾力而为。可在交手时我才发现他已经受了很严重的内伤，他的'死水微澜'惊艳无比，意在招先，一出手便是经典，可是后力不济，终于在我的'五蕴寂灭'之下功亏一篑，被我震断了心脉。我也问他，究竟是何人可以让他受了如此严重的伤势，受了这么重的伤为何还要来与我决斗。他说男儿的约定岂可以食言，能与隐杀者一战并死在我的手下，也不算辱没了他燕家的名声。其实我知道他是因为前一战重伤受挫，心丧若死，所以故意来引我杀死他。他死前托付我，一定要将你安全送到杭州灵隐，当面见到蓝大先生之后才可以离开，我应承了他。没有人可以拒绝一个枭雄在死前的要求，况且这个要求又是这么的令人难以拒绝。"

"而你，"南三不三盯着燕泊月漠然的眼睛，继续说道，"却歪曲你爹死去的真相，散布关于令牌的谣言，甚至我怀疑一路上在济南府和应天府的刺杀和掳劫，都是你事先安排好的。我现在只想问你一句话，"他走上前几步，盯着燕泊月的眼睛，好像想从她空漠的眼神里，发现所有事情的真相似的，一字一句地问道，"你爹的死，是、不、是、也、是、你、安、排、的？"

"是我安排的吗？我害死了我爹？"

在南三不三说话的时候，燕泊月有些迷茫，仿佛又跌入了记忆的泥淖。她又想起了那个夜晚，那个晚上没有月亮，大地寂静无声，恍若在等待着一场噩耗的降临。乌兰从帐篷外跑进来，急急忙忙地把她从睡梦中摇醒，失魂落魄地告诉她，夫人死了。

"额赫……死了？……不会的……不可能……入睡前她还在跟我说，下个月要启程去中原待一段时间呢……"

她像疯了一般地冲出帐篷，看见她额赫的锦绣大帐前站满了人。她拼命地扒开人群，她的额赫不在帐篷里，不在草原上，不在她能看见的任何地方。燕笑我从帐篷里走出来，一把将她搂入怀里，说："月儿，不要找你娘了，你娘得了恶疾，已经送去火化，不然整个草原的人都会被恶疾传染。"

她不听，在燕笑我的怀里扭打，她不信，晚上还和她有说有笑的额赫，会是因为什么恶疾而突然暴毙。她猛地在燕笑我的身上，察觉到了血气和杀意，她惊诧地从他的怀里挣脱开来，像见了鬼一样地跑回了自己的帐篷。

额赫死后的第七日，她骑着呼桑在毫无分别的草原上游荡，一会儿哭，一会儿笑，一会儿心丧若死，只觉得无论做什么，都失去了原本的意义。

就在这时，那个杀光了所有乞儿篾人的灰衣男子，便这么悄无声息地、恍如宿命般地、出现在了她的眼前。这一次，他却已经知道了她的名字。

"事物的真相，往往和事物呈现在我们面前的样子完全背道而驰。所以，"他温和地看着她，从袖子里拿出来一个卷轴，递到她的面前，"燕泊月，你是愿意一直活在事物的表象里浑浑噩噩，还是愿意发掘事物其后本源的、鲜少有人知晓的、代表了真实和根性的不灭原形？”

　　燕泊月在无风的草原里思考了很久，终于伸手接过了灰衣人手中的卷轴。远处天空上有巨大的乌云飘过来，使得她和他都在云遮住的阴影里静谧诡异。她看完了卷轴上的内容，眼神变得异常空漠，是她在后来看见燕笑我死去、空气被杀、她大哥燕周身首异处、以及在那个未来的旅程终点灵隐寺里，面对南三不三的质问时的一模一样的空漠。

　　“你说，你是叫什么来着？”她忽然对灰衣人发问。

　　灰衣人在乌云下的阴影里温柔地笑了，她从他的笑容里看见了空山、凝云、和颓然而下却丝毫不流动的极致之境。

第三十四章 掀开尘封往事

"我们什么时候进去？"阚山问道。

他身边站着海凝，但这个问题明显不是对着海凝问的。在他们二人的身后，还站着另外一个人。

从山顶上吹下来的凉风掠过树木的枝叶，扫过这一片灵隐寺外最美丽的山坡，把月季和不知名的蓝色蝴蝶花吹得四散摇摆。

阚山和海凝身后站着的人并不是蒋玉衡，而是一个一身红衣如火的女子。她"咯咯咯"地笑起来，声音好听的像是这一片林间雀鸟的鸣叫。

"波斯兄弟好心急哟，可惜的是，我们还不能进去呢。"她朝阚山眨着眼睛，看得阚山一阵心猿意马。

海凝冷冷地问道："为什么不能进去？"

"因为我们的任务，是在这里等人。"红衣女子说道。

海凝冷笑道："可宗主给我们的任务，是来灵隐击杀蓝玄镜。你愿意在这里等随便你，我们却是要进去了。"说完她朝阚山使了个眼色。

阚山上次被蓝玄镜一剑击退，心中不服，觉得蓝玄镜是趁其不备，在他击败鱼观澜后疏忽大意的间隙忽然出剑，击中了他一拳势衰之后的弱处，自己才会被他所伤，否则以他霸道至极的劲力，怎可能如此轻易的就败在他的剑下。

况且他深信只要和海凝合力出手，二人的"山海经"武功水乳交融，互相助益，即便不能发挥出师傅端木荒当年全部的战力，七八成威势总是有的。二人联手，未必便不能战胜蓝玄镜。

他对"山海经"的信心并非空穴来风，事实上当年端木荒收养他之后，他跟随端木荒行走四海十余年，眼见端木荒对战各域高手，从无一败。大大小小数十战，将各域顶尖的人物全部打的心服口服，就凭这份阅历和武学经历，便不是当世这些局限于在中原的所谓传说人物可以媲美的。

他从心底就不愿意承认，"山海经"会输给任何别的武学，即便对手是蓝玄镜，他也有信心可以一较短长。

阙山对着海凝点了点头，二人不顾红衣女子的劝阻，便要飞身而下，前往寺里去了。

就在此时。

二人脚下的土地在瞬间出现了一层薄薄的脆冰，头顶上垂下来的树木的枝叶却开始燃烧，阙山与海凝置身于这奇妙的冰与火共存的空间里，刚才跃跃欲试的身体罕见地停顿了下来。

二人身后，一个冰冷的声音阴森森地传出来："我看你们谁敢妄动。"

海凝缓缓地转过身来，用同样冰冷的声音说道："你'赤焰冰煞'尤真的名头唬的了那些江湖人，可想拿来吓唬我们，就真的还差了些。"她双眼间的海潮之气骤然暴起，嘴里轻轻吐出一口真气："破！"

不知从哪里卷起了一股波浪，空间里充斥了海水带来的涛声。无形无影的潮水席卷而过，枝叶上的火焰瞬间扑灭，泥土里的冰层被潮水消融，然而这毫无征兆的潮汐却没有消退的意思，径直便朝着尤真站立的位置冲了过去。

红色的身形不闪不避，在下一刻便被看似无形其实无坚不摧的气海所吞没。阙山和海凝都吃了一惊，他们知道尤真的武功有多高，即便海凝的这一击有多么精妙，也断无可能就这样将尤真轻易击败。

气海潮汐在击中尤真之后便消散了。红色的身形仿佛真的就这样被潮水绞杀，在原地已然无影无踪。阙山与海凝有些疑惑，正在二人准备上前查看的时候，身后却传来一个懒洋洋的声音："别找啦，我在这里。"

二人听见这个声音，却是连头都不敢回，整个身体都进入了僵硬的状态。

　　一只纤细的小手从二人的身后伸过来，分别在两人的肩膀上拍了拍，示意两人转过身来。阚山和海凝这才服服帖帖地转过身去，看见自己身后的那个红衣女人，正一脸颓废地看着他们。

　　他们两个在尤真的面前，还是一副无所畏惧的样子，可当着她的面，连一句话都不敢多说。

　　他们都亲眼看见过，眼前的这个"她"，是如何对着宗主痛下杀手而却能毫发无伤地离开，齐云山大象阁的二楼被毁过多少次，二人心中也很是清楚。自从他们两个被宗主收服之后，宗主在他们心目中便是如神一般的存在，恐怕除了自己的师傅端木荒，再也无人可以与宗主在自己心目中的地位相提并论，更遑论对宗主出手。

　　尽管每次宗主都笑着跟他们说，"颓"在每一次出手之后，都会毁掉大象阁的二楼，正代表了这是她知道自己还赢不了他的一种无奈的发泄，可他们两个依旧觉得"颓"太过可怕。

　　如果说宗主是二人心目中深不可测的神祇的话，那么"颓"便是二人心目中百无禁忌的斗战金刚。

　　"颓"有些颓然地看着二人，颇感无奈地说道："我说，你们两个能不能说句话，我一个人说话都闷死了。"

　　阚山和海凝一个劲儿地点头，可就是半个字都说不出来。事实上虽然董嵩淑只是看上去好像人畜无害地站在那里，可她身上所散发出来的"万物俱颓"的惊人气势确实令他们动弹不得，就连开口说话都变得异常艰难。

　　"好吧，本来还想在我们要等的人来之前和你们聊几句，现在不用了，"董嵩淑有些无奈地摸了摸自己的耳坠，"他们已经来了。"

　　阚山和海凝循声望去，果然在山坡下不远处，驶来了三辆马车。这三辆马车鱼贯在并不宽敞的山路上行驶，乍一眼看上去速度并不算快，可不知怎么的，像变戏法一样的很快就来到了灵隐寺的门前。

　　每辆马车前部都有一个赶马的车夫，三辆车在灵隐寺门前大约十余丈处便停了下来，排成一排，车厢里的人没有出来，车夫从车头跳下来，走到车厢前，准备给坐在车厢里的人掀开帘布。三个人都没有多余的动作，而且从车头跃下、走到车厢边、伸手掀帘布这几个动作竟然出奇的整齐同步，显然是受过长时间的训练和调教的。

　　他们的手刚刚触及到帘布，忽然发现自己脚下的土地化成了波涛，三人顿失重心，下一刻便被如山一般的巨力击中胸膛，整个人被连绵不绝的空间气浪送出很远才坠到地上，连一点声音都还没来及发出便已经气绝身亡。

　　车厢里的人仍然没有出来。

　　阚山、海凝、董嵩淑三人已经站在车厢边。董嵩淑懒洋洋地看了看这三辆马车，对阚山和海凝说："最左边的那辆归你们，其余的两辆我来。"

　　阚山和海凝没有任何异议。他们深信，"颓"的分配是最合理的。阚山上前一步，一拳砸向车厢的支架，只要支架崩塌，车厢里的人无论如何都得出来应战。

　　他的拳头不出意料地擂在了车厢上。但是奇怪的是，居然没有发出任何声音。阚山自己也觉得很奇怪。他这一生砸断过不少木头，但从来没有遇到过木头折断却没有丝毫声音的情况。

　　他的绝对之力势如破竹，不仅打断了支架，拳头似乎没有什么阻碍，已经完全没入了车厢，然而此时，他已经听不到任何声音了。

　　整个灵隐寺前，连穿梭于树林间的鸟儿，都失去了鸣叫的音色。

　　海凝发现情况不妙，一手抓住阚山的肩头，将他往回拉扯，一边吐气扬声，伸掌向车厢里击去。可就连她，也没有听见自己嘴里发出的声音。

　　就在她和阚山震惊莫名的时候，车厢的帘布突然爆碎。实际上整个车厢都爆裂开来，仿佛已经承受不了某种不知名的张力。海凝那一掌抵消了一部分的冲击，和阚山二人往后退了十余步，看着一片烟尘弥漫的车厢。

　　车厢已经不存在了，连车厢下方的轴承和车轮都全部灰飞烟灭。马儿受了惊吓，嘶鸣着向灵隐寺边的山上跑去。在原来车厢的位置，站着一个头发花白的老人，手上拿着一口尾部焦黄的古琴。

老人席地而坐，对着阚山和海凝点了点头，说道："原来是端木荒的弟子，'山海经'委实名不虚传。老夫南宫琴，前来灵隐寺解救犬子，不知二位可曾见过他么？"

阚山说道："等你打败我们，再问这个问题吧。"他刚才有些托大，险些被南宫琴所伤，心中不忿，但也知道他音武厉害，随即小心翼翼起来。

南宫琴又点了点头，说道："老夫救儿心切，就不和二位周旋了，速战速决吧。"说完，他双手按在了琴弦上，十指弹动，瞬息间在焦尾古琴的琴弦上拨动了九十九指。

然而，阚山与海凝仍然没有听到任何的声音。

世间所有的声音仿佛都被他的双手十指通过琴弦弹到了另外一个不知所踪的空间里去了。

阚山与海凝虽然没有遇到过音武者，不过在他们年轻时，端木荒也和他们提及过音武一道，并且在他们的印象中，端木荒对音武者的评价是"极其麻烦"。

端木荒在中原行走时也曾和数名音武道中的泰斗发生过冲突，他对阚山和海凝说过，音武道的最高境界"大音希声"之中，有一种很古怪的法门，叫"无声之音"，对敌者听不见音武者手中乐器的任何声音，精擅此道者甚至可以吸收周遭范围内的所有声音加以凝聚，将人能听见的音转化成一种超越人耳极限的奇音，伤人于无影无形，这就好比用毒大家的"无色无味"，已经是境界中的顶层人物才能妙用的法门了。

阚山与海凝没有多加思索，他们也在南宫琴抚琴的同时一起出手。

灵隐寺的门前出现了一座座力山与一望无际的气海。重现"山海经"的盛景是他们一直以来的夙愿，尽管他们只在端木荒手中见识过一个人施展出来的"山海"盛况。自古至今可以将"气"与"力"全部修炼到"山海"之境的武者，恐怕也只有端木荒一人了。

　　他们二人在南宫琴的"无声之音"的刺激下，联手施为，居然山海交融，颇具当年端木荒出手的神韵。

　　这一击，可不可以击溃"大音希声"的"无声之音"呢？

　　战斗在瞬息间开始，也在弹指间结束。

　　"力山气海"突破了南宫琴隐秘布在身前的微音屏障，击在了南宫琴衰老的身体之上，南宫琴忍不住一口鲜血喷了出来，全部溅在了焦尾古琴的琴身上。

　　而"无声之音"也不负众望，恍如从虚空中无端生出的音刃，切割进阚山与海凝二人的肋下，劲气如碎片一般在二人体内旋转，二人的脏器都不同程度地受到了损伤。

　　这一击，看上去是两败俱伤，势均力敌。

　　而董嵩淑站在两辆马车前，依然没有出手。

　　两辆马车里的人都很沉默。南宫琴吐血之后，中间那辆马车里的人突然说话了。

　　"叶康成，你去照顾下南宫老头吧，他岁数大了，万一有什么三长两短，我们也没法和立乐交代。"

　　另一个车厢里的人重重地"哼"了一声，说道："为什么不是你去照顾他？"

　　中间车厢里的人说道："你武功比我好，一对二应该没什么问题。我不如你，只能单对单，解决面前的这个女人。还不快去，南宫老头的血都快吐光了。"

　　叶康成没有再说话，车厢的帘布好像动了动，他的人已经蹲在了南宫琴的身边。

　　董嵩淑也没有动，只是盯着中间那个马车车厢，一向颓然的她，居然罕见地认真起来，悠悠地说道："原来你留下来对付我，是觉得我比那两个好对付。"

　　中间车厢里的人说道："我和他从小一起长大，互相谁都不服谁，如果我说你是我遇过的最强的对手，他一定不会让我对付你，而是要自己动手。现在给个台阶下，相安无事，做兄弟的，无非就是如此。现在他可以去收拾那两个人，我也可以留下来，领教一下你的武功。岂不两全其美。"

董嵩淑突然笑了起来，她笑起来的时候，没有了"尤真"状态时的妩媚，却有了另一种说不出的清秀。她习惯性地摸着自己的耳坠，笑着说道："能在今日领教'逾矩道箭'迟无颜被誉为'三代第一矢'的绝艺，并被迟无颜过誉为平生所遇最强的对手，小女子实在是受宠若惊，不胜欣喜。"

她垂下自己的双手，浑身散发着混乱与破坏的奇异之势，朱唇轻启，细声道："请！"

迟无颜仍然坐在车厢里，没有丝毫要出来的意思。他的声音隔着车厢，慢条斯理地传了出来："我迟无颜平生和人动手，只出三箭。三箭过后如果你还能活下来，我不会再行击杀。请小心了。"

董嵩淑在他说话的时候，已经动了。迟无颜的兵器是弓箭，箭矢擅长的是长距离攻击，她很清楚，如果想接的下他三箭，甚至击败他，最重要的便是缩短他们之间的距离。

她本来就离车厢不远，身形晃动间，身体周围的空间就像被扭曲挤压的布匹一般层层破碎。脚下泥土里的花草根茎断裂，被她的气势带动，全部漂浮在她经过的空气里缓缓散开，从她的正面看过去，好像她的身后正在发生着一场花草与空间的舞蹈。

她甚至都不需要用手去击打车厢，当她撞在车厢上的时候，整个车厢便自动破碎了。惊慌失措的马匹撒蹄乱跑，不小心进入了她身体周围三寸范围之内，瞬间便被旋转着弹飞了出去。

破碎的车厢里没有人。

董嵩淑稍稍吃了一惊，心神失守的那一个刹那，背后扭曲的空间蓦然被击穿了一个细长的空间旋洞，然而洞中什么都没有，只有不断旋转的气流和一击必杀的箭意！

迟无颜已经出箭了。他在车厢碎裂的一刹那高高跃起，在董嵩淑的头顶射出了这一记惊世骇俗的气箭！

董嵩淑回过头来，不断旋转分解她扭曲空间气势的箭意与箭气已然袭至她的面门。她没有躲闪，因为她看见迟无颜已经落在了她对面那株高高的榆树的枝杈上，她此时如果胡乱闪避，那么紧接着的第二箭势必会将她如一只无辜的野兔一般死死地钉牢在地面上。

她没有闪避，只是对着那一支无坚不摧的惊世气箭，生生地大喝了一声！

空间像被巨兽碾压过的泥土一般支离破碎。那一记看上去会一直穿透下去的气箭终于在碎片般的空间里消于无形。

迟无颜满怀赞赏地点了点头，似乎对董嵩淑这一次的化解十分满意。他点头的间隙，大约只是一个弹指的工夫，他所站立的老榆树忽然开始崩裂。

只用了一弹指的工夫，董嵩淑就破坏了这棵已有百年的老榆树。

迟无颜在董嵩淑的手碰到枝杈之前飞身而起。他的右肩后面背着一个箭筒，箭筒上有一个盖子，正好将箭筒盖住，不过他并没有用箭筒里的箭的打算，实际上他十几年来与人交手，都只是用他手上那张名为"重楼"的三代第一弓。

"重楼"通体金黄，传说是以玄英精铁融入黄金制成的弓身，并不硕大，却坚硬无比。弓弦是迟无颜自己在华南一带行走时猎杀的老虎的腿筋及漠北的友人赠给他的雪豹的兽筋，以巧妙手法加以编织之后，成为了"重楼"的弓弦。

三代之内，武林中并无什么弓箭宗师。有一些使弓箭的游侠，不过都稀松平常，不可能比剑、刀之类的更为普及。迟无颜在三代之内，可以说确实是一个靠自己的悟性和天赋顿悟破障的箭术第一人了。

他的身体在空中轻若无物，如一叶凭虚，可居然还能射出那样摧枯拉朽的气箭，就连董嵩淑都觉得，自己虽然已经高看了迟无颜，却可能还是看低了他。

他很有可能，已经跨入自己师傅和不流所到达的那个境界了。

董嵩淑没有时间多想，因为迟无颜的第二箭，已经射了出来。

她在他拉弓的同时，便中了一箭。这一箭射在了她左边的小腿上。

可他才刚刚拉开了弓。

董嵩淑的手拂过小腿，气箭被她的煞气所溶，不再持续性地对她的身体造成伤害。她无暇想太多，她只是要接近迟无颜，尽她一切可能地接近迟无颜，夺下他手中的"重楼"，折断他箭筒里的箭矢。

必须抢在第三箭之前。

她所过之处，一切都变得支离破碎，身体两边的树木和脚下的土地都不断地被分解，她像以空间为食的侵蚀时光，将所有与她相遇的事物全部还原成百年之后的毁灭模样。

然而迟无颜却斜过身了，对着莫名奇妙的方向拉弓射出了第三箭！

董嵩淑此时已经来到了迟无颜的身前，在他的胸口上印了一掌。万物颓而一，而一不再。

迟无颜闷哼一声，跃开数丈，手中"重楼"长弓支地，落下时脚步已经有些趔趄。然而他看着自己第三箭射去的方向，眼神中是松了一口气的释然。

董嵩淑顺着他看的地方看过去，这才看见一个灰衣人被那一箭缠住，本来已经倒在他脚下的叶康成趁机逃开十余丈，没有丧生在他的掌下。

大约过去了三个刹那的工夫，那曾让董嵩淑难以捉摸的无匹气箭，轻易地便被灰衣人握碎在掌心。灰衣人一闪身，已经来到董嵩淑身旁，笑着对她说道："董嵩淑大小姐可还好？"

董嵩淑颓然地笑了笑，说道："我输给他了。"

"输在'逾矩道箭'手下一招半式，想来令师并不会介意的。"灰衣人淡淡地说道。

此时迟无颜调匀了呼吸，正缓缓打开肩后箭筒的盖子。他看到了灰衣人是怎么接下那一箭的，那已经不是他仅用气箭便能击败的对手了。

箭筒打开，里面只有三根箭矢。

灰衣人的面色也变得稍稍凝重起来，就连董嵩淑都没见过他如此谨慎。

迟无颜看着灰衣人，深深吸了一口气，说道："在我用这三根箭之前，希望你可以告诉我你的名字。"

灰衣人拱了拱手，肃容说道："在下齐云山大象阁一介读书布衣，因喜爱李长吉诗文，故自取名不流，源自他诗句'空山凝云颓不流'尔。"

突然这时候，一个苍老而嘶哑的声音激动地响了起来。

"我认识你，你是当年唐门家主唐南诗的亲传弟子，在'灭唐'一役里苟且偷生，没想到你居然还活着！"

说话的人是南宫琴，当年"灭唐"一役他南宫家也参与了，他死了两个儿子，自己却侥幸存活。

不流毫不经意地看了他一眼，缓缓说道："不错，我正是当年那个苟活于世的、唐南诗唯一的亲传弟子，唐阙罗。而你们江南三大世家，今天便是来偿还当年那笔血债的。"

第三十五章 表与里

南三不三看着有些出神的燕泊月，又问了一遍："你这么做，到底是为了什么？"

燕泊月猛地从回忆中惊醒过来，她不知道自己为什么会在这个时候陷入过去的泥淖，现在还不是时候，她在心里对自己说。

白日依山尽往前迈了一步。他这一步迈的时机十分奇妙，正好是在南三不三问完燕泊月之后那短暂的沉默之间。南三在等待燕泊月的回答，而白日依山尽抓住了他等待回答的那几乎无人可以把握住的一个刹那，在那样一个刹那南三进入了对回答的执着，这个执着的点如白驹过隙，但是白日依山尽抓住了这个点，并且一步就迈了出去。

腰间的"朝歌"几乎是在步子迈出的同时出鞘的，剑身露出了四分之三，在他这一步踏实之后，剑刃也会脱离鞘口，一把完整的"朝歌"古剑将会在大悲楼里发出清越的剑鸣。

白日依山尽很满意自己出剑和迈步的节奏。他心里想，当世还有谁能做到这么完美的出剑呢？蓝玄镜可以吗？卢曾嬜呢？昔梦可不可以？

他不知道答案，但是他对自己的信心从没有像现在这么高涨过。他有把握在占得这个先机之后，可以顺理成章地将隐杀者刺杀于他的剑下。

这些想法是在电光火石之间完成的。白日依山尽在脑中结束了这一次思考，剑刃才刚刚要脱离剑鞘。他整个人的状态已经调整到了巅峰，他知道自己这一剑挥出，必然不会空回。

然而，就在剑刃刚刚要脱离鞘口的瞬间，一只比他的手更大、更修长、更稳定的手按住了他执剑柄的右手。白日依山尽的耳边响起了蓝玄镜温和的声音："灵隐寺有灵隐寺的规矩：大悲楼里，不得拔剑。"

　　白日依山尽右手真力运转，身形却在同时往后暴退。只要能摆脱按在他右手上的那只手，"朝歌"便可以出鞘。

　　他退的速度很快，然而蓝玄镜的那只手，也跟着他一起飞退。白日依山尽退到大悲楼主厅的墙角，蓝玄镜的手依然牢牢地按在他的右手上。他身形一顿，整个人沿着墙边轻飘飘地飞起，在空中划了一个完美的半圆，落下来时人已经摆脱了墙体的限制，站在了大厅边缘靠近天井里那口水缸的位置，可蓝玄镜的手依然按在他的右手上。

　　白日依山尽袍角一动，已对着蓝玄镜踢出了三脚。一个绝世的剑客，除了剑法之外，步法和腰腿的功夫也非常重要。白日依山尽这三腿踢出，如果号称天下腿法正宗的"踢出个宗门"门主韦长衣在场看见了，一定不敢再说自己是天下第一腿。

　　白日依山尽是在用踢出个日月的态度，完成了这三腿的伸展。他仿佛不是在踢一直跟在他身旁的蓝玄镜，而是在踢不知道位于何处的、令他心烦的遥远尘世。

　　蓝玄镜的身体如一片在狂风中飞舞的柳叶，无论白日依山尽的腿法多么迅猛、快速、出奇、完美，他总是可以顺着他的腿势凌空漂浮、摇摆，可他的手，却一刻都没有离开过白日依山尽的右手。"朝歌"古剑从刚才到现在，还是保持着那个露出的剑身长度，剑刃只差毫厘便可以脱离剑鞘。

　　白日依山尽施展了五六种身法、发起了七八次腿攻，却依然没有办法摆脱蓝玄镜的控制。他有些恼怒，可他深知就凭这一手功夫，蓝玄镜在身法和拳脚上的造诣便已经胜过他了。他现在唯一要做的，便是拔出自己的古剑"朝歌"，他相信只要"朝歌"出鞘，即便是蓝玄镜也未必可以胜得了他的剑法。

　　他身形又开始展运，这一次却是越过了天井，穿过了大悲楼的大门，向大悲楼外的荷花池纵越了过去。蓝玄镜如影随形，二人的身影瞬间出现在满池已经凋谢的睡莲之上。白日依山尽在脚底触碰到睡莲莲盘的时候，突然整个人平躺了下去。

　　蓝玄镜脚下已经没有了着力之地，只见他脚尖轻点莲叶，轻若无物一般，跃上了荷花池边的栏杆。白日依山尽人平平地滑到了荷花池的边缘，身体又瞬间弹起，也站在了荷花池另一边的栏杆之上。他终于以这样的方法摆脱了蓝玄镜的钳制，可身后的衣服上已经被池水浸湿了一大块。

蓝玄镜知道再也阻止不了他拔剑了，便双手负后，气定神闲地站在栏杆上，缓缓地说道："出了大悲楼，也要想想是不是有拔剑的必要。"

他们两个人的动作很快，从一开始白日依山尽拔剑到现在二人分站在荷花池两边的栏杆上，也只不过过去了五个弹指的工夫。

南三不三和燕泊月都没有动。他们两人像是进入到了一个奇异的、独立的空间，对周遭发生的事情完全不管不顾不听不看，只是在进行着只存在于他们两人之间的问与答、攻与守、追击与沉默。

南三不三好像完全没有看见刚才白日依山尽的拔剑，或者是看见了但他胸有成竹可以化解白日依山尽的剑势，燕泊月不清楚，她只是看着南三不三的眼睛。这双眼睛如鹰隼般凝视着她，片刻都没有移开过。他要一个答案，她心里清楚，实际上她在心里已经准备了五个答案，每一个答案都完美的没有丝毫破绽，可她就是说不出口，在那双眼下，她竟然失去了说谎的勇气。

南三不三依然不依不饶地问她："你这么做，究竟是为了什么？"

燕泊月没有再看他的眼睛，她垂下眼帘，像是和自己达成了什么共识似的轻轻地喟叹了一声，终于开口说道："事物的表面往往和它们的本质大相径庭，我选择了抛弃眼见耳闻的虚假的现实，而去探究事物背后不可告人的真相。之所以不可告人，并不是因为它们卑鄙、猥琐、恶心，而是因为它们确实只应当存在于那无法轻易进入的背阴面。阴和阳是同时存在的，表与里也互相维系，一旦打破了这个界限，人眼中的事与势便不再圆融。没有阴阳之分，没有表里之别，是一件很令人痛苦的事，正如现在的我。然而一旦我通晓了这其中的区别、差异，并能与它相安无事，那么我便已经不是我，至少现在的我，已经不再是当年那个伏在燕笑我怀中，只求他疼爱的小女儿了。"

燕泊月抬起了眼睑，让南三不三看见了她的眼睛。南三不三发现她的眼神变了，自己再也看不出她内心的软弱和动摇。

"所以，"燕泊月继续说道，"你一直在问我为何要这么做，我觉得你问的时机还没有成熟。这是胜利者的问题，是战胜者对战败者的责问，如果你想听到我的回答，那么请先确认，你已经战胜了我。"

南三不三笑了，他第一次见到燕泊月，是在济南府的那一场刺杀中。当时燕泊月在车厢里念了一句苏东坡的《念奴娇·赤壁怀古》，触发了昔梦那一剑，当时他并没有在意。后来在应天府，他和昔梦一战之后，昔梦对他说燕泊月"深不可测"，他才觉得她并不简单。

只是他并没有想到，燕泊月居然已经"不可测"到了这样的地步。

南三不三淡淡地说道："你已经直呼燕笑我的名字了，很好，他如果知道，想来也会很惊讶的吧。我和他交手的时候，虽然他已经身受重伤，可我能感觉到他那强烈的求胜欲和求生欲，这些强大的念头支撑他以重伤之躯和我对攻，我竟然屡次被他逼入险境。后来他终于体力不支伤于我手，知道自己命不久矣，他整个人很放松，很平和，就像卸下了数十年来不得不穿在身上的盔甲。他对我说，他有一个女儿，是他最疼爱的小女儿，今年只有二十岁，他放不下她，怕自己的三个不成器的儿子会对她不利，所以他要让她去杭州投靠蓝大先生，但是路途遥远，希望我可以暗中保护她。这时我才知道，他那强烈的求生欲，便是来自于你。"

南三的语气一直都是淡淡的，像是在描述一件十分寻常的小事，只有真正经历过的人，才能听出话语中蕴含的不易察觉的悲伤。

"我也不知道为何自己对他的托付这么重视。按道理说，我与他约战，是因为当年我爹娘的死是和他麾下的一个中原帮派有关，所以他也脱不了干系。我打死了他，却一点都不觉得高兴。他托付自己女儿时的眼神，我一辈子都忘不掉。我从未见过那样的眼神，温情、柔软，却又坚定、不容置疑。我可能在江湖上杀戮太多了，已经不记得自己曾经也很渴望这样的眼神，然而我现在杀人，在别人的眼睛里，看到的只是自己冷酷的脸庞。"

南三不三看着燕泊月，缓缓地说道："不过我却万万没有想到，他死前如此郑重托付给我的、他最疼爱的女儿，居然能做出这样的事情。"

燕泊月的表情没有一丝变化，说道："隐杀者前辈可知道，关于燕笑我和那个一元堂的关系，也是我安排斥候编造并传递给你的吗？"

南三冷冷地说道："这么说，其实燕笑我和一元堂并没有关系咯？"

"是的。当年一元堂倒是很想和我燕云教拉上关系，奈何他那个堂主根本得不到燕笑我的赏识，所以一直是他们一厢情愿。燕笑我武功太高，虽然受了重伤，但没有你这样的人物去和他交手，别人还真的未必能赢得了他。所以我特地安排了专人把这个假情报给了你，让你和他在开封约战。"

南三不三说道："燕小姐思虑之周密、部署之精良，不可谓不令人惊叹。在下还有一个问题，希望燕小姐赐教。"

燕泊月说道："请。"

"燕笑我的武功那么高，是怎么会受了那么严重的内伤的？"

"隐杀者前辈可知道，以前在徽州一带，有一个神秘莫测、以暗杀技成名的门派，门派里的人都默默无闻，不过他们刺杀的人物全部如雷贯耳。比如当年武当派'冲虚剑阁'首座抱朴子、昆仑派传武长老陆三水、飞鸿会紫门门主紫衣挟刀斧，这些江湖中的顶尖巨擘的离奇身死，便是出自于他们的手笔。"

南三不三眉头皱了皱，说道："难道便是当年那个令江湖人闻风丧胆的'虚天神教'吗？"

"正是。而对燕笑我出手实施暗杀的，便是他们的教主，那个从未失手过的虚天云了。但即便是他，也只能是趁燕笑我不注意时重伤了他，自己随后也被燕笑我反伤，几乎没能活着离开。所以，才会有隐杀者前辈动武的余地。"

"原来如此，看来我在你们的计划里，只是临时添加进去的一环。好了，想问的我已经问完了，"南三不三说道，"接下来，我要来和你确认，究竟谁才是胜利的人了。"

燕泊月看了一眼天井上方长空中缓缓流动的云，喃喃自语道："是时候了。"

天井中有一口硕大的水缸。水缸里有大约半缸水，甚至水里还能看见游来游去的锦鲤。南三站在水缸的左侧，距离水缸大约不到一丈远的地方，迟简郎与他同侧，靠在水缸的左边缸壁上。

当南三不三感觉到不对的时候，他意识到自己的反应已经慢了。怀刀"毗卢"还没来得及出手，一股森然冷峻的劲气已经袭至他的后背。

然而当他完整地转过身来，撞入他怀里的，却是迟简郎的身体。迟简郎比他早一步发现了水缸里的异动，但是已经来不及出声示警，于是他用自己的身体，帮南三挡下了这一记本来无可躲闪的刺杀！

迟简郎倒在南三怀里的时候，南三的"毗卢"已经挥了出去。

鲜血在天井里抛射出来，划过光线下匀速流淌的时间，落在背阴地上，预示着一个生命的死去。

"毗卢"在空气中静默如初，暗杀者已经走了，南三知道出手的是虚天云，也只有他，可以避开他那一刀最锋锐的势头，只伤不死。

而他怀中的人，正在静静地死去。

第三十六章 红颜弹指老 长天执作剑

迟无颜不再说话，开始慢慢地走动起来。他要找到一个最好的发箭时机和角度，而这和风速、光线、视野、手指的热度、腰腹的协调、以及精气神的高度统一是分不开的。

他也没想到会动用到箭筒里的这三支箭，他本以为这三支箭会成为他此生箭道巅峰的最后见证。箭筒里最开始有九支箭，最早的三支，是在他年少成名、刚开始行走江湖的时候，遇到青山依旧在的高徒青龙并与之交手的时候所用。那一战，奠定了他在第三代后起之秀中第一人的地位。

随后的三支箭，是在他已经名震江湖之后，挑战当年号称武林第一人唐白木的衣钵弟子唐定禅时所用。唐定禅是唯一一个继承了唐白木所有暗器技艺的唐门弟子，在"灭唐"一役后行踪不定，传说他和燕云教教主燕笑我也惺惺相惜，燕笑我称他是"用暗器作画的宗师"。

迟无颜依然记得从自己指间滑过、被义无反顾的弓弦弹射出的、在眼角余光和悠悠岁月里如一抹惊鸿般的这六支箭的名字。名字是他给它们起的，每一个名字都有自己的意义、代表了自己每一段时光的体悟和心得。他向青龙射出的三支箭分别叫：分曹、听鼓、走马兰台。那时他年岁尚小，对箭道和武学的理解不深，还停留在模仿和听而受教的阶段。

和唐定禅对决时，其箭术已经大成且自成一派，在唐定禅惊艳无比的暗器手法之下依然箭出弦响，不遑多让。那一战之中的三箭名称依次为：君问、未期、巴山夜雨。

一战之后，他"逾矩道箭"的名声才广为人知，江湖中热衷于搜集情报的门派和家族披露了那一战的详情和细节，使得整个江湖发现，原来靠自己独创箭道的迟家第三代长子长孙迟无颜，已经不需要再凭借迟家的名号行走江湖了。甚至有人论断，他的成就，必定不会在他爷爷迟重彻之下。

不过他和唐定禅那一战，已经过去了十年。这十年内，他也遇到了不少对手，但没有一个可以让他使用箭筒里剩下的三根箭矢，即便是之前他对战董嵩淑。虽然他认为董是他这十年来遇到的最强的对手，甚至比十几年前的青龙和唐定禅都要强，他仍然不觉得需要用到它们。

凭自己手中的"重楼"足矣。

然而眼前这个从前叫唐阙罗、现在叫不流的人，绝对是他此生遇到过的最强的敌人。

迟无颜有些兴奋，虽然自己挨了董嵩淑一掌，脏腑受了不轻的内伤，但他很喜欢这样的感觉，这是他多年来未体验到的危机感。他很享受这样的境况，甚至感觉到箭筒里的三支箭矢已经在跃跃欲试。

"好了。"他在心里对自己说。他停了下来。风也停了，眼角的光线充足，视野中没有遮挡，手指完全放松了，身体已经充分协调。该出箭了，他已经准备好了。

不流对董嵩淑说："请董大小姐离开我身边一丈范围，方便的话不妨去把南宫琴和叶康成都杀了。"他说话时并没有看董嵩淑，实际上他根本没有分心的余地，迟无颜虽然刚刚停下脚步，可他的"箭意"已经将不流完全锁定，在任何时候都会射出他惊世骇俗的箭矢来。

董嵩淑在听到不流的言语后立即退出他身边一丈方圆，朝着叶康成和南宫琴的方向纵跃而去。刚才叶康成已经扶起受伤甚重的南宫琴，往灵隐寺方向走去。叶康成自己也被不流所伤，所以二人的速度并不快。而阚山和海凝在被南宫琴击伤后又被叶康成打伤，正坐在地上调息，短时间内是不能再动武了。

迟无颜拔箭、弯弓、搭弦、所有动作快的仿佛是在一瞬间内完成，等到别人意识到他已经拉弓的时候，他的第一支箭已经射了出去。

弓弦反馈的声音还没有传到众人的耳朵里，那无拘无束、无去无往、无头无尾的一箭，已经射到了不流身前三寸之处！

不流没有躲，事实上没人可以躲得开，就连他也不行，因为这一箭太无端、太自由、太不羁、恣肆的就像是在摩崖绝顶迎风盛开的一朵梦幻空花。

迟无颜在射出这一箭之后，并没有在意这一箭的结果，而是立刻进入了深深地调息，准备着继续发出这一战的第二箭。每一箭，都是集他全身精、气、神、力之所为，每一箭对他的消耗之巨，都是惊人的。

而交手的结果和目的，已经完全被他抛诸脑后。他只是要射出这三箭，完成他对自己、箭道、武学、人生的倾诉和表达，完成自己对大圆满之境的应证和认知。可以说这三箭已经不是在与人交手，而只是迟无颜对逾矩道箭本身以及他自身和武道之间羁绊的一种最好的诠释。

这一箭的名字，便叫"从心所欲"。

不流伸出了自己的右手。这只手并不修长，也不宽大，看上去只是一只普普通通的男子的手，但这只手却格外的稳定。当这只稳定异常的手伸出去的时候，它周围的空间却变得异常的不稳定，导致迟无颜那从心所欲的一箭，瞬间陷入了一个"空"，然而这"空"里，却有如万山崩的暗劲，以及磅礴到几乎可以颠覆大海的真气。

不流这一招，居然融合了"空"、"山"、"凝"三诀，并且加入了自己的理解和改良，将这三种武学意境妙到巅毫地轮流转换，信手拈来，"从心所欲"如陷泥淖，失去了杀伤力和准头，远远地斜飞出去，插入了十数丈外一颗巨树的树干。

不流开始往前迈步，步子迈的并不大，可速度惊人。虽然他的表情和动作没有什么明显的变化，但显然他在接了迟无颜一箭之后，觉得威力惊人，不敢再托大，缩短距离以求减小后两箭的声势。

迟无颜在他缩短了两人之间四分之一距离的时候轻舒了一口气，右手小臂弯了一个优美至极的角度，用食指的指腹挑起了第二支箭的箭尾。箭矢跳跃起来，他的右手食指轻巧地搭在箭尾，带着箭矢在空中划了一个完美的半圆，箭的头部便分毫不差地落在了他握住"重楼"的左手食指上端。他捏住箭尾和弓弦，拉至自己齐肩位置时松开了手指，第二箭便从自己的指间射了出去。

这时，在场众人才刚刚听见第一箭时传出的弓弦声。

迟无颜第二箭的所有动作，比第一箭时更快，所以第二箭后需要的调息时间，很可能比第一箭时更长。

这一箭，射到一半的时候，突然不见了。

不流这时候才刚刚迈出让距离缩短为五分之三的一步，第二箭就这样从他的眼前消失了。他没有任何慌乱的举措，看上去就像是一个在行走中入定的老僧。他又继续迈出了下一步，脚还未落地，那一支消失的箭，忽然在他的身后出现了。箭头完全调转了方向，距离他的后心只有一寸的距离。

这一箭的名字，便叫做"真空妙有"。

迟无颜看都没看那一箭和不流，只是缓缓地呼出了一口浊气，鼻腔里隐隐有暗红色的血液。他射出了完美无缺的第二箭，却牵动了脏器的伤势，内伤已经开始影响他的身体和状态。他不知道自己还能不能射出第三箭，未到最后一刻，谁也不知道会发生什么。

不流的身体仿佛颤动了一下，第二箭射入了他的后背，从前胸穿出，后继无力，落在了他与迟无颜之间的土地上。可奇怪的是，不流的胸口却丝毫没有血迹，落在地上的箭头也是干干净净，没有半点血痕。

不流的脸色在一瞬间变得雪白，随后又恢复了原色。他仍然在往前走，步调频率自始至终没有分毫改变。距离缩短到二分之一，迟无颜仍然没有调息完毕。

他背后的箭筒里，还剩下一根通体血红的长箭。

不流的速度很快，二分之一的距离已经缩短至四分之一，再迈出四步，他便可以用双手触及到迟无颜的身躯。一旦让不流侵入到迟无颜的身前，那么届时这场对决的胜出者多半便是不流无疑了。

迟无颜蓦然睁开了双眼，他看向不流，看向马车，看向他眼里所有能够看见的事物。他的眼里没有执着和迷茫，只有圆融的道境以及与一切和解的虚空。他猛地咳出了一口血，背后箭筒里的、最后一根红色的箭矢从箭筒里飞了出来，看上去也像是箭筒吐出的一口飞血。

红色的箭矢在空中翻了个身，奇迹般落在迟无颜的手里，这最终之箭，已然和"重楼"弓融为一体。金黄色的弓身之上，是一抹夺目的艳红，这一箭凄凉的美，也染红了整个弓弦。

迟无颜口中念念有词，松开手指，射出了他完满表达了自己与箭道的、前无古人、后无来者的一箭。这一箭射出，在这一片天地与人间世里，已是传说的不朽。

"红颜弹指老。"他喃喃地呼唤着这一箭的名字。

红颜弹指老。这是迟家老爷子在迟无颜自创箭道之初，非但没有横加干涉，反而与他促膝长谈数次的局面下，希望迟无颜可以领悟的武学极诣。迟无颜一开始并没有上心，后迟重彻在唐家战死，迟无颜顿觉失去了至亲之人，也失去了自己在武道之途上最权威的引路者。

为了纪念自己的祖父，他将这最终一箭命名为"红颜弹指老"，并采用印染技术，以自己的血染红了箭身。所以这一箭，实际上是他宗室传承、家族血脉、与武道极至融合共生的一箭。

这一箭，以前不曾有过，以后也不会有。这世上只有一个迟无颜，也只会有一支箭矢有资格被命名为"红颜弹指老"。

当箭尾离开弓弦、离开他手指的那一个刹那，迟无颜便往后倒了下去。他已经完成了对自己的诠释，他很满意，也很放松，现在该是休息的时候了。

不流如临大敌！

他以一招"空山凝"完美化解了迟无颜的第一箭，到第二箭时他不得不运用了"天云颓”三诀，以万物颓之力消除那一箭的杀意，并在瞬间运用“云体风身”使得自己的身体虚化从而没有遭到第二箭的肉体损伤，不过那一箭之劲气穿过他的身体，还是震伤了他。

然而这第三箭，却让他觉得前两箭只不过是这一箭的铺垫。

红色的箭矢在空中并没有存在很久，当不流伸出手想去拦截它的时候，它却以肉眼难以反应的速度开始褪色。当不流的手触及到箭矢的时候，整支红色的箭不但褪去了颜色，还在风中就这样锈蚀了，化为粉末，化作尘埃，被南来的林间秋风吹的无影无踪。

这一箭，就这么结束了吗？

不流正在准备收回自己的右手。他突然看到，自己伸出去的右手，在刹那间开始老化，皱纹密布，宛如一个已经活了数百年的老人的手。

啊，他不禁开始赞叹起来，原来如此。

“红颜弹指老”果然在弹指间老去，并使得整个空间里，充满了“时光”与“老去”的力量。这力量无法断金裂石，可是这力量却能够使黄金和岩石都化为焦土与黄沙，这便是这最终一箭的威力。这威力由于过于强大，甚至反噬了箭矢本身，使得红箭箭体弥散在时间与空间的流逝之中，然而遗留下来的力量仍然足以侵蚀任何生命。

迟无颜倒下去的时候，锈蚀的衰老之力已经把不流包裹起来，他无处可逃。远处正在对南宫琴和叶康成痛下杀手的董嵩淑发现大事不好，可已经来不及过来相助，只能眼睁睁看着一片无可挽回的、逝去的光影将不流吞噬。

而就在此时，灵隐寺里传来了清越如歌的剑鸣。

白日依山尽终于拔出了“朝歌”。在被蓝玄镜压制了那么长时间之后，古剑“朝歌”终于出鞘，在灵隐寺的荷花池上剑气冲霄，一时剑势之强盛已经达到了有史以来的顶点。

蓝玄镜依然双手负后，十分平静地看着白日依山尽。

　　白日依山尽将手中长剑举起，对着蓝玄镜，语气灼灼地说道："你我交手，试探就免了。剑术到了你我之境界，一招便足以分胜负。我马上要出剑了，蓝大先生的剑呢？"

　　蓝玄镜缓缓说道："蓝某在三年前已无剑。玄剑'法眼'已正式传给小徒了。一招分胜负正合我意，寺外酒肆里的'苦海醉'卖得好，蓝某还要赶早去买两壶回来，今晚要就着寺里每个月才做一次的梅干烤麸喝一杯。"

　　白日依山尽握着剑柄的手紧了一紧，冷冷地说道："既然蓝大先生这么说，那么白某就不客气了。"

　　蓝玄镜微微一笑，说道："请赐教。"

　　这时候鱼观澜突然从药师殿的房顶上闪出了身影，她听见了他们二人的对话，所以并没有说话，只是静静地跳了下来，远远地站在一边看着。

　　她本在禅房里看护叶琉璃和南宫立乐，听见剑鸣声起，背后的"法眼"也是止不住地颤动。她心中一惊，想到可能有剑术高手在和师傅对战，当下再也顾不得叶琉璃和南宫立乐，飞身而出，直奔大悲楼外而去。赶到时，正好看见白日依山尽已经准备出手。

　　不过她并不担心赤手空拳的蓝玄镜，只有她知道，自己师傅的剑术早已经突破了世俗的桎梏，进入到了一个凌驾于任何剑客之上的境界。

　　白日依山尽出剑。剑意如歌，在并不宽大的荷花池水面上如不小心掠过的飓风。池水与荷花残叶都被袭卷起来，在这一剑如万丈鹿台的威势下冲破了头顶的苍穹。精光闪耀的古剑还未到荷花池中部，天色已经完全黑了下来，像是长空也中了一场剧毒。

　　白日依山尽已毫无保留，一出手便是数十年来苦修"魔现封神"的心得体悟集大成之一剑：近来逢酒便高歌，醉舞诗狂渐欲魔！

　　长空被黑色的巨手撕裂，由星光铸成的万丈鹿台在那只巨手主人的降临下灰飞烟灭。在场的鱼观澜和听到声音赶来的众僧都看到了这一幕，不由得心旌摇曳，定力差的甚至直接晕厥了过去。

白日依山尽的剑意震慑全场，这不朽若梦的一剑也来到了蓝玄镜的身前。所有人都替他捏了一把汗。一双空手，如何能接的下这宛如魔灭禅心的一剑。

蓝玄镜在古剑"朝歌"距离自己还有三寸七分的时候举起了自己的双手。双手呈握剑状，握住了一片长空下的虚无。

不知何时来到现场的七莱住持见此情形，双手合十，长叹一声："阿弥陀佛。蓝施主已妙悟空灵无相之剑道，竟然以长天为剑，双手为眼，此境禅心，已非贫尼所能企及的了。"

白日依山尽的一剑刚刚突入蓝玄镜中庭,蓝玄镜高举的双手便"一剑"斩了下来！

长空无垠，尽入剑柄；双手无极，如握观心。

蓝玄镜以"正法眼藏"之玲珑妙理，在天、地、人三者合一的、如白驹过隙的时机上拿捏住了天地之柄，并以天地作剑，向白日依山尽斩出了这鬼斧神工、妙到巅毫的无剑之剑！

白日依山尽自从成名以后便鲜遇敌手，数十年来剑术突飞猛进，而今更是在武林中一览众山小，觉得自己已是剑道的巅峰人物了。他是第三个获得长孙大娘赠剑的人，在他前面的便是蓝玄镜。他本认为自己和蓝玄镜在剑法上应该是伯仲之间，甚至觉得若二人交手，自己仗着岁数上的优势或许赢面更大。

谁知一上来蓝玄镜便阻止他在大悲楼里拔剑，身手之精妙、步法之灵巧实是胜他一筹。他本以为自己出剑之后便能扳下一城，挽回局面，因为他对自己的"魔现封神"实在是太有信心了。

然而现在他看到了蓝玄镜这一剑，居然感受到了他从未体验过的恐惧。这一剑不但摧毁了他那"莫非魔土"的一剑，更摧毁了他对自己的信心，以及数十年来浸淫剑道的感悟与其笃信不疑的无上剑理。

就这样毁了去吧。他无奈且绝望地默默念道。

蓝玄镜这一"剑"斩了下去。斩落，斩定，斩下了池边桂花树枝头上的三瓣小叶黄花。

古剑"朝歌"凄凉地悲鸣了一声，从握住它的手里挣脱出来，想跃上长空，却后继无力，转而向下，和白日依山尽一起，坠入了不断泛起涟漪的池塘。

一代传奇古剑，与一代绝世剑客，一同葬身于灵隐寺大悲楼外的荷花池底。

第三十七章 永远的死水微澜

南三不三感觉到，迟简郎的身体在自己怀中越来越软、也越来越重。这是生命体征开始流逝的表现，他对此无能为力，从迟简郎大口大口呕出的鲜血和他体内紊乱的真气来看，虚天云刚才已经完全震断了他的心脉，他随时都可能停止呼吸。

燕泊月的眼中似乎有那么一丝哀伤。她本是一个感悟伤怀的女孩，自家羊群有小羊因风寒死去都曾经可以让她伤心整日。如今迟简郎因南三而死，也不禁让她有一些伤感。她虽然深沉冷静，可她比她自己觉得的都要复杂得多。

燕泊月看了一眼乌兰，乌兰心领神会，点了点头。

南三不三此时仿佛已经沉浸在迟简郎正在死去的悲痛之中，并没有意识到他的背门和侧身已经完全暴露在乌兰暗器的攻击范围之内。

乌兰准备出手了。她全身上下、从头到脚，不多不少，隐藏了一千零二十四枚暗器。从大的蝴蝶镖、乌龙刺，到小的铁蒺藜、惊魂针，基本林林总总的暗器都能在她身上找到。而这正是发出"浮华岁月见悠悠人心"需要的暗器总量的四倍。

燕泊月心里清楚，以乌兰的暗器造诣，当日在济南府要对付那四十几个杀手实在是绰绰有余。如果不是为了配合齐云宗，故意安排乌兰在出手一次之后便假装脱力，仅凭乌兰一人之力便可轻易抹杀在场所有的刺客。

在客栈与转轮王交手时，燕泊月也特地关照乌兰出手克制，佯作不敌，不然转轮王是不是可以活着离开客栈都是个问题。

"你的暗器太强了，能不用则尽量不用，示弱对咱们来说，没什么坏处。"她在出发前这样对乌兰说。

而在此时，却正是出手最好的时机。隐杀者如果能死在乌兰的暗器之下，即便暴露了实力也是一件十分值得的事情。

　　乌兰的暗器在一个眨眼的工夫里已经全部准备妥当，甚至连下盘和鞋底都布满了暗器。她微微跃起，凭借腰腹的力量便能在空中短暂停留，这便够了，足够她发出两百五十六枚暗器，向着隐杀者施展出真正的"浮华岁月见悠悠人心"。

　　她的身体开始轻微地抖动。这一式暗器手法需要调度全身的力量，确实对使用者的身体要求极高，所以四次已经是她的极限。她可以感觉到暗器正在离开她的身体，从她的发髻、耳后、唇下、双肩、臂弯、袖口、指尖、衣带、腿弯、鞋弓处激射出去，即将在她的眼前汇织成一副神奇的画面。

　　如果唐定禅是用暗器作画的画师，那么我便是以暗器起舞的舞者。她在心里对自己是这么定位的。

　　暗器在下一刻就会全部脱离身体，她在一种带有奇妙韵律的身体抖动下仿佛已经看见了南三不三倒在她脚下的情形。

　　刀光一闪。

　　乌兰没有看清楚南三不三的动作，她在刚才应该是眨了下眼，眼前好像有一道绚烂至极的光闪了一下，然而南三不三还是蹲在那里，只是迟简郎的位置稍稍有些改变。

　　她没能看到二百五十六枚暗器射出后交汇的舞蹈。事实上暗器并没有能够完全射出去，南三在暗器即将脱离她身体的一瞬间一刀割断了她的咽喉，使得乌兰全身的劲力在瞬间消失，暗器刚刚脱离的一刹那便后继无力，"叮叮当当"地落了一地。

　　乌兰倒下去的时候还死死地睁着眼睛，仿佛不能相信刚才发生的一切。隐杀者的刀，居然快到了这样的地步！

　　如果是他用刀和白日依山尽一战，白日依山尽能赢得了他吗？

　　乌兰没有想出答案，因为她很快就停止了呼吸。

　　迟简郎倒是睁开了眼睛，对南三微微一笑，说道："你的刀，和我大哥的箭，倒是有着相同的气息。我快死了，如果可以的话，请将我的尸体送回迟家，交给我二哥。"

南三不三说道："好。"

他把迟简郎缓缓地放平在地上，转过身来看着燕泊月，说道："我本不想杀你的，可是现在，"他有些颓然地看了眼空中飞舞的烟尘，"我已经不得不杀你了。"

"你杀不了我的。"燕泊月没有再去看乌兰，虽然她刚刚就在自己眼前死去了。可她知道，现在并不是悲伤的时候。真实的本质教会她穿透眼前的表象，她知道乌兰的死是有意义的，是发挥了其自身价值的，可她依然会难过。是的，情感的本质是对自己无力的怨恨，不流曾对她这样说过。

"我现在还不会死，因为我还有用，燕云教需要我去收服，整个事件的策划者也需要我的协助。所以，有很多人都会来保护我。"她说话的时候，像征服了这片疆土的女皇。"而且，我已经见过隐杀者前辈的两次出手，对隐杀者前辈的实力心中已经有了大致的了解。我并不认为你可以杀死我，就连击败我都未必能做得到。"

燕泊月淡淡地说道："泊月不才，在今年年初的时候，便已经超越了燕笑我，将祖传武学'死水微澜'推演出了新的境界。恐怕就连开创这门武学的燕胡桑都未必能想到还会有后人可以做到这样的地步吧。"

她站在原地，连动都没动，可南三不三却觉得自己立足的地面居然开始泛起了涟漪。大悲楼外的鱼观澜、蓝玄镜，甚至连寺外的董嵩淑、南宫琴、叶康成，都同时感到自己脚下的地面开始不规则地波动起来。

不流从那一箭的余势中走了出来，依然双手负后，看上去气定神闲。只是他的头发已经完全变成了白色，右手有一些轻微地颤动，不仔细看并不容易发现。他微笑着看着已经被董嵩淑打的毫无还手之力的叶康成和南宫琴，摇头说道："你们两个和迟无颜相比，实在是差得太远了。"

他说完看了一眼波动传来的方向，却没有做出任何反应。

叶琉璃和南宫立乐被波动震醒，走出禅房，却听见了寺外的熟悉的声音发出的叫喊。他们冲出寺门，看见叶康成和南宫琴被一个红衣女子打的口中狂喷鲜血，于是红着双眼拼了命地冲过去，护在了二人身前。

董嵩淑上下打量了一下二人，说道："你们确定要挡着我？"

叶琉璃站在叶康成的身前，因为刚才的跑动而有些气喘，肋下三寸处有隐隐的疼痛，她知道这是她身体衰竭的征兆，但是她却很平静地看着董嵩淑，坚定地说道："叶家没有贪生怕死之辈，只有英勇战死的儿郎。"

南宫立乐在她身旁抱着南宫琴哭了起来。南宫琴连番受伤，加上年岁老迈，已经承受不住，撒手人寰了。

董嵩淑看了不流一眼，不流温和地说道："都杀了，一个不留。"

蓝玄镜并没有走出寺外，也没有进入大悲楼，因为就在他刚想有所动作的时候，他的面前却不声不响地出现了一个老人。

这个老人比他大概还要大个十岁的样子，一头白发如雪，面容却不衰老。他站在距离蓝玄镜大约两丈远的地方，有些疲倦地说道："玄镜吾弟，别来无恙。"

蓝玄镜有些吃惊，说道："是你？"

"是我。"老人说道，"我便是整件事情的发起者。唐阙罗、燕泊月二人都是我的助手。"

蓝玄镜说道："可你这样的人物，为什么要做出这样的事情来？"

"我老了。"老人叹息着说，"可我不希望看到飞鸿会便这样没落下去。李丞相当年与我交好，却受小人所害，被太祖赐死。而今小人入主朝廷内阁，支持八分天下堂。好在李丞相的长子李祺贵为驸马，未受其父牵连，派人暗中找到我，希望可以借助我的势力，重整旗鼓，与当今内阁以及八分天下堂抗衡。"

老人说道："我老了，可是当年'灭唐'一役中幸存的唐阙罗却正值巅峰。我当年没有去唐门参战，还暗中收容了他，于他有恩，他也同意我的计划，于是在古徽州成立了齐云宗，收纳天下高手。我本也想拉拢燕笑我，岂料他志向高远，想以一己之力将燕云教扩张成天下第一大教。无奈只得将他铲除。唐阙罗发现他女儿燕泊月是个人才，向我推荐，并告知其并非燕笑我亲生以及燕笑我杀死她生母艾朴婼的秘密，所以她受打击甚重，转而对燕笑我和燕云教恨之入骨，正是用来对付燕笑我最好的人选。"

他停顿了一下，继续说道："唐阙罗对江南三大世家恨意极深，缘因他师傅唐南诗是死在迟重彻、叶落然、南宫琴三人联手之下的。所以他便用燕笑我的死做文章，捏造燕泊月所携带的令牌的秘密，引出了三大世家，现在来看，这个计划可以说是完美地成功了。一方面铲除了朝廷内阁暗中扶持的三大世家，另一方面也削弱了八分天下堂的联盟势力，所以这个计划，已经完成了它的使命。"

老人点了点头，说道："我今天来，不是来和你交手的。你虽然杀了白日依山尽，但其实也被他剑气所伤，如果我要出手，你未必赢得了我。但是我不是来动手的，我只是来接回我的人。八分天下堂的一休带着新任剑堂堂主卢曾媄和另外两个分堂堂主就快要到了，我无意再多生枝节。刚才我已经阻止了隐杀者，并送走了燕泊月，马上会出寺去带走唐阙罗一行人。还希望玄镜吾弟思量一下，莫要再出手了。"

蓝玄镜冷冷地看着他，冷冷地说道："不送。"

艮阿赶到灵隐寺的时候，鱼观澜正在寺外小心翼翼地守卫。他走上前去，对鱼观澜说道："请问这位姑娘，燕泊月燕大小姐是否已经到了？"

鱼观澜突然想起了师傅给她看的那块令牌。那块令牌的下方，在一个不起眼的角落里，用小刀刻了四个极细小的篆体小字：死水微澜。